「只是握手的話，
那倒是沒關係喔？」
SAAYA TAKAUJI
STATUS
高宇治沙彩
特徵、專長
學年第一的頭腦
高中生遠遠不及的美貌
容易被說服
喜歡下流眼
怕冷
喜歡垃圾食物
SAAYA TAKAUJI
SCAN

「你一直在看我的胸部！好色！」
HARU SEGAWA
STATUS
瀨川春
特徵、專長
超凡的社交性
很會照顧人
母性
純情
HARU SEGAWA
SCAN

「我認爲學弟是
『中意的男生』喔？」
HUMI NISHIKATA STATUS
西方芙海
特徵、專長
外表看似小孩
頭腦是賭徒
有精神暴力傾向
重視上下關係
打架身經百戰
HUMI
NISHIKATA
SCAN

「啊，抱歉——」

狀態欄【純情】是真的嗎？
「……你摸了……還揉了……
人家明明是第一次……」

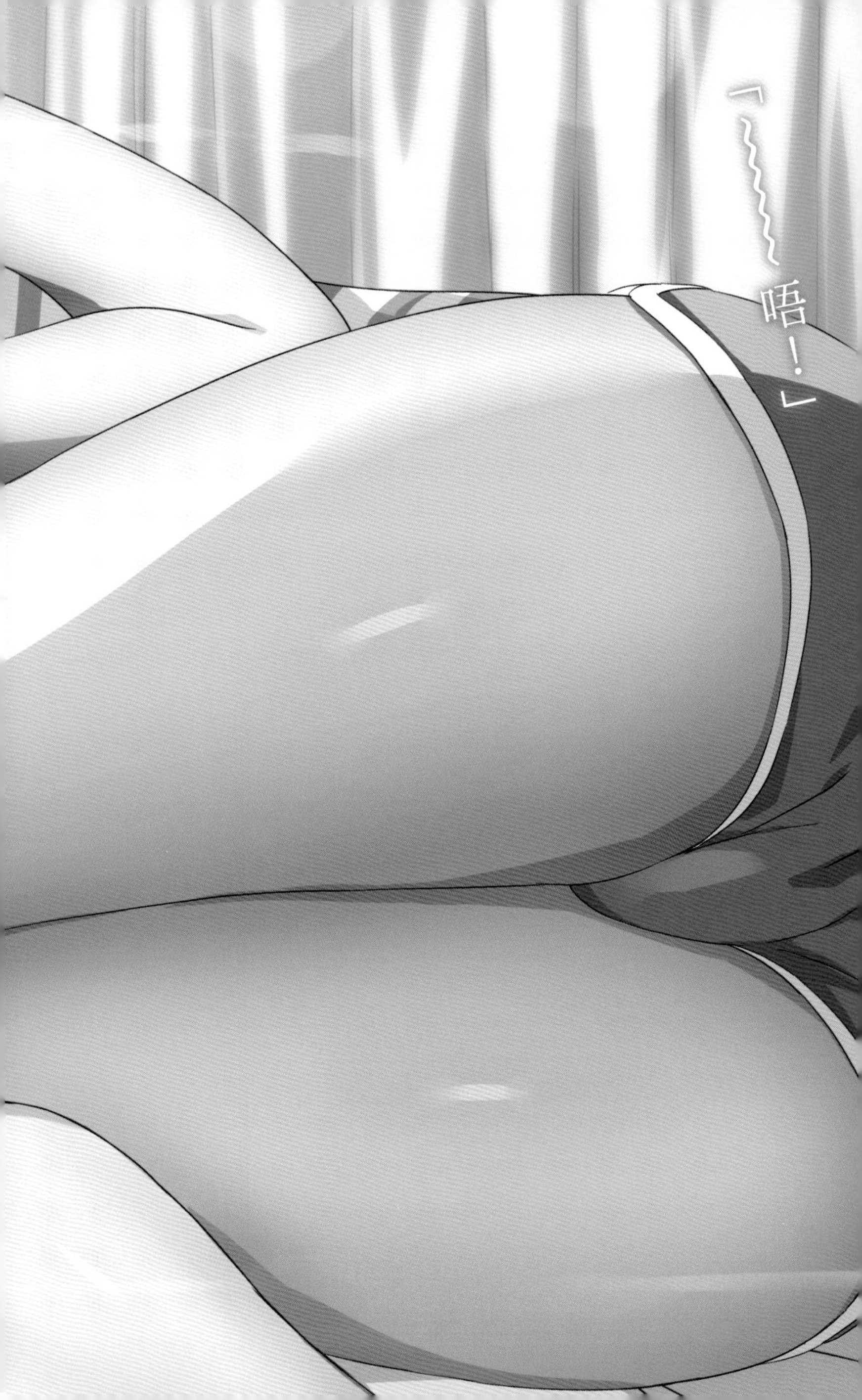
「～～唔！」

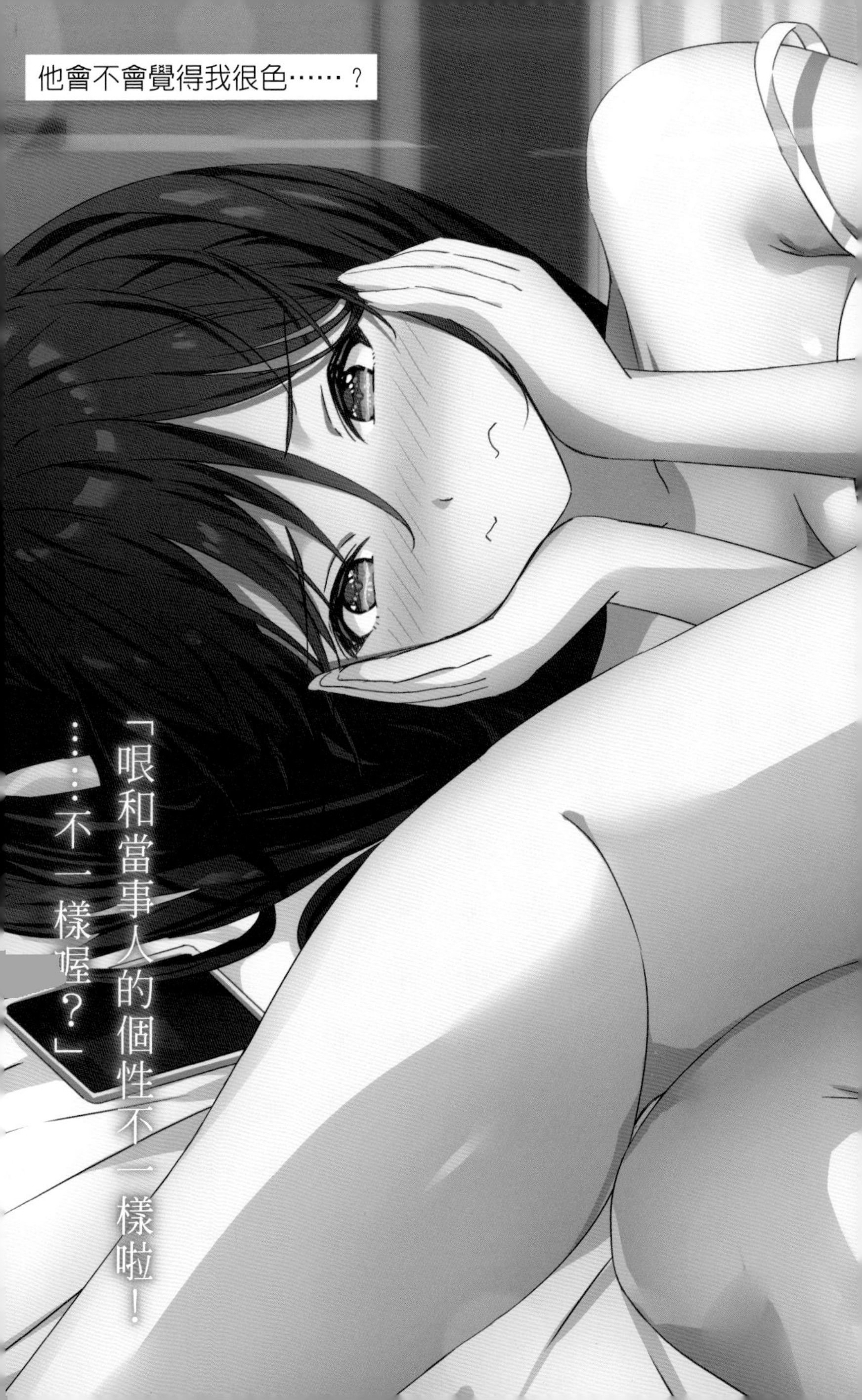
他會不會覺得我很色……？
「哏和當事人的個性不一樣啦！
……不一樣喔？」

CHARACTER

One day, I started to see other people's secrets My school romantic comedy

SCAN

AKARI KIMISHIMA

AKARI KIMISHIMA	**STATUS**
君島燈	

特徵、專長

路人
膽小
避事主義
廣播宅

自從能夠讀取他人祕密後，我的校園戀愛喜劇就此開演

狀態欄

One day, I started to see other people's secrets My school romantic comedy

EP1: 偷偷愛慕的美少女被花美男搶走，我要攻陷她

1

ケンノジ

插畫

成海七海

Kadokawa Fantastic Novels

1

目錄

Contents

One day, I started to see other people's secrets
My school romantic comedy

序章

「抱歉，把妳叫來這種地方。」

「沒關係。」

偶然撞見某個學長把學校第一美少女叫出來的場面，我不由得躲到陰暗處。

記得學長是排球社的成員，身材高大，四肢修長，五官給人爽朗的印象。而現在他正因緊張而表情緊繃。

從他的樣子能夠輕易推測到他想告白。

我正好為了打發時間，閒晃到校舍後方少有人來的地方，這種躲藏的行為實在不妥。不過既然讓我撞見了，我還是很在意後續的發展。

我保持安靜地豎起耳朵，窺視那名美少女的樣子。

學校第一美少女高宇治同學，一如往常面無表情到近乎冷漠，等待學長接下來的話。

聽說許多人曾向高宇治同學告白，不過她不曾和任何人交往。

「我從以前就覺得妳很好……」

「啊？」

高宇治同學表情絲毫沒有動搖，隨口附和。

假如我是那名學長，光看見她這種反應就會十分消沉了。

我沒有勇氣向喜歡的人告白。

所以即使學長是情敵，他的勇氣還是令我有些尊敬。

「高宇治有男朋友嗎？」

「我為什麼非得告訴你不可？」

雖然她說得沒錯，我內心不由得同情起學長。

他原本的計畫應該是：「沒有。」「如果妳願意，請和我交往。」照這種流程走吧？畢竟他就是知道對方單身，才把人找出來的。

她冷淡道出的話語，對於把學長和自己重疊的我而言也等同於利刃。

「那個……還是算了……抱歉……」

學長直接離開了。他大概和我有同樣的想法。高宇治同學看來並不困擾，只是神色不悅地微微嘆了口氣。

接著自言自語道：「這是怎樣？」

那冷淡的口吻加上面無表情，看來像是覺得很麻煩。或許她有過許多這類的經驗，已經感到厭煩了。

不過即使學長那麼受傷，以後甚至不會被視為「曾向自己告白的人」，如果是我可無法忍受。

我所喜歡的學校第一美少女難以攻陷。

一開始只是憧憬她。

不過，有個契機讓這份情感發展成愛戀。

因為我發現，我的冷門興趣和高宇治同學一樣。

那個興趣就是聽深夜廣播節目。

電視上也小有名氣的搞笑藝人組合「曼達洛」主持的深夜廣播節目《曼達洛的深夜論》，高宇治同學似乎也會收聽的樣子。

雖然我不曾親口聽她這麼說過，不過我身為忠實聽眾，曉得她攜帶的鑰匙圈還有貼紙都是節目的周邊商品。

我會喜歡上她，只是這種原因。

我原本以為沒有其他認識的聽眾，所以才擅自對她產生親近感，逐漸喜歡上她了。

可是比我條件優秀許多的學長，三兩下就被擊沉了。看來無論我多麼喜歡她，都還是不要告白了吧。

與其成為眾多被擊沉的男生之一，還是把心意藏在心底就好。雖然我們又被分到同一個班級，一定也沒有機會和她說到話吧。實際上我也沒看過她笑的模樣。

由於面容姣好，反而給人冷淡印象的美貌，就像精緻無比的女神雕像。

高宇治同學表情冷漠地走回校舍。

就算彼此興趣相投而讓我想向她搭話，不過我是不可能辦到的。

「阿燈，你在那種地方做什麼？」

聽到有人出聲，我轉頭一看，那是我的青梅竹馬瀨川春。

她有一頭明亮的金髮以及笑起來隱約可見的犬齒。據她本人表示，那是魅力所在。

手腕上戴著髮圈，裙子短到幾乎連大腿也遮不住。

如同違反校規的具體象徵的這個女生，就是我的青梅竹馬。

「沒有，我只是散個步。」

「來這種地方？真令人搞不懂呢。你看見我們在同一班了嗎？」

「嗯，看見了。」

她時常被輔導老師提醒，以客觀立場來看，青梅竹馬的我眼中也覺得她穿著很清涼。

小春交遊廣闊，不分男女。她肯定有著極為豐富的經驗吧？雖然我不曉得實際情況，不過也有傳聞說她很放蕩。

就算我們是青梅竹馬，幾乎不會深入聊到私人話題，我也不會想特地確認真相如何。

「這一年內請多指教嘍！」

「明年或許也會同班。」

「總之先指教一年。」

會這樣積極找我聊天的女生只有小春。雖然我和其他人多少會因為學校事務而交談，不過沒有和小春講到話的日子，有時當天在學校甚至一整天都沒開口。如果我和小春不是青梅竹馬，大概不會有機會聊天吧？

「班會快開始了。要遲到嘍。」

小春開口催促我。雖然她的外表看來不太正經，不過在奇妙的地方卻很認真。

「你臉色不太好，還好嗎？」

「我嗎？……嗯，我沒事。」

或許因為目睹了剛剛的告白場面吧？分明是其他人的事情，我卻還在消沉。心理素質也太脆弱了。

我們離開校舍後方，一邊閒聊，一邊回教室。

「小春，妳跑哪去了？妳不在，我沒辦法一個人上廁所。」

「啊哈哈。就算我不在妳也要自己去廁所啦。」

「我說瀨川，聽說只要拜託妳就可以上，真的嗎？」

「嗚哇傻眼，打炮星人。這種事怎麼能直接問當事人？超噁的。」

相較於毫無破綻、銅牆鐵壁的高宇治同學，小春可是毫無防禦，渾身破綻。即使換了新班級，休息時間也有人像這樣找她聊天，她的交友關係和社交能力真是不容小覷。

或許聽見了男同學和小春的談話，高宇治同學皺起眉頭，看了他們一眼。

「請你們別在教室聊下流的話題。」她彷彿這麼訴說一般露出冰冷的眼神，之後立刻別過頭去了。

如同正直清純化身的高宇治同學，似乎不喜歡這種話題……

級任老師走進教室，要我們開始簡單的自我介紹，和今年一年的抱負。

昏昏欲睡的我，直到鈴聲響起，才知道班會結束了。當我從班會時的瞌睡中清醒，打了個呵欠，揉了揉眼角的時候。

・君島燈

・成長：急遽成長

・特徵、專長

路人
膽小
避事主義
廣播宅

突然有道猶如電腦視窗的東西出現在半空中。
……這是什麼？
我還沒清醒呀？
我打了自己一巴掌，確實會痛。
君島燈……就是我。
不知能否稱為狀態欄的東西就這麼條列在我面前。

1 狀態欄、成長與變化

「這是什麼？」

我是【路人】。煩死了。

是什麼人列出這種東西的？

當我睡著時，擁有先進科技的外星人對我做了什麼嗎？

講真的啦，這是什麼啊？

我試著詢問坐在前面的男同學。

「你能看見這裡有個我的狀態欄之類的東西嗎？」

我指著在半空中顯示的狀態欄，男同學露出疑惑的表情，鼻子哼了一聲。

「啊？你問什麼怪問題？」

他看不見……只有我能看見嗎？

我環顧教室，所有人頭上都掛著類似我那種像是狀態欄的東西。

名字、成長、特徵和專長。每個人都擁有同樣的項目。

「阿燈，你也睡得太熟了。」

小春跑來我的位置找我說話。

「四月不會讓人很想睡嗎？」

「我懂——不過你也睡太久了。」

小春呵呵笑了。

她頭上也有狀態欄。

・瀨川春
・成長：成長
・特徵、專長
超凡的社交性
很會照顧人
母性
純情

啊，嗯。有幾個項目很符合。

關於社交性，她的交友關係廣泛到和同年級所有人都很要好。

我和小春從幼稚園就常在一起，由於我有點糊塗，因此小春經常照顧我。

「母性……」

那個象徵性的項目不禁吸引我的目光。

大概從小學六年級開始，她的發育就比其他女生還驚人。

巨乳。也就是母性。原來如此，是這麼回事啊？

「你一直在看我的胸部！好色！」

「才沒有！」

雖然沒說錯，不過不否定的話會無法開始對話。

她和我一樣，性格和興趣、嗜好都反映在狀態欄上，不過也有我不知情的部分。

【純情】。

真的嗎？狀態欄是正確的嗎？

她的打扮那麼清涼，看不出來哪裡純情了。雖然我沒有相信放蕩的流言，也不覺得狀態欄是正確的。難得獲得了神祕的力量，如果顯示的資訊不準確，就沒有意義了。

我想到一個主意能夠驗證。

假如真的這麼做，一般人在社會上就完了。會被人在背後指指點點、被白眼看待。不過對方是小春的話，就會像剛剛一樣隨性帶過，一定會願意原諒我吧？

我神色自若地把手伸向小春的胸部。

「啊，抱歉——」

裝成意外，刻意捏住她胸部揉了起來。

咦？好大。第一次揉胸部，小春的【母性】讓我大受衝擊。因此我不由自主地多揉了兩三次確認。

「啊？你做什麼啦——！」我原本以為她會半開玩笑地發怒——

「…………嗚。」

她緊閉雙唇，眼眶微微滲出淚水。

…………一語不發。

原本是青梅竹馬的男生和女生，關係轉變成被害人跟加害人的一瞬間。

「抱歉！非常對不起，真的對不起！是我的不對！」

我沒有隨便道歉，而是好好低下頭，發自內心真心表達歉意。

「……你摸了……還揉了……人家明明是第一次……」

「真的很對不起！請不要告我……！我也是第一次揉。」

「……那就算了。」

這樣好嗎？為什麼啊？雖然很感激啦！

小春很【純情】。嗯。看來狀態欄是正確的。

還有，令人不太懂的是狀態欄內的成長項目。那是身體方面的狀況嗎？

如果是身高，我從去年開始就幾乎沒有長高。

這麼一來，【急遽成長】的我，接下來身高會快速拉高嘍？

「小春，妳看得見這個嗎？」

我為了轉移話題，指著小春的狀態欄視窗開口發問，只見她皺起眉頭。

「咦？什麼，在說鬼故事？」

她毛骨悚然地將目光投向我示意的位置後，轉頭看我。

果然只有我能夠看見。如果她能看見，原本想和她討論看看，看來落空了。

「抱歉，我好像看錯了。」

顯示成長性和特徵專長的狀態欄。

籃球社的王牌球員和他女朋友在同一班，現在正開心地打情罵俏。不過王牌球員的狀態欄中顯示著【和學姊出軌】。

隱私都看得一清二楚啦！

雖然沒有方法能夠確認真假，但如果大家都和我同樣能夠看見狀態欄的話，就無法那麼開開心心聊天了吧？

只要我刻意看向特定的某個人，就會出現像是狀態欄的視窗。這種「刻意」似乎是關鍵。

對於現在這種不可思議的現象，我只了解這麼一點。

「我說阿燈，今天只上半天課，放學後有什麼行程嗎？」

「咦？我沒有——」

我把小春的問題當作耳邊風，找尋某個人。

……她在。

或許剛從廁所還是其他地方回來，高宇治同學跨過走道坐在隔壁座位上。

她把黑色長髮撥到耳後，露出沉著的側臉。

她沉魚落雁的容貌，就算說是模特兒穿上我們高中制服在玩角色扮演也不為過。

「小沙也在同一班呢。」

小春如此嘀咕。

「看來是呢。」

我假裝漠不關心地移開視線。

高宇治同學也有狀態欄，毫不例外。

「…………咦？」

當我整個人愣住不動時，小春走進我的視野，擋住了我的視線。

「我說阿燈？」

「咦？啊，哦。」

「你都沒在聽我說話。」

「我聽了。在說胸部就是母性吧？」

「不對！討厭——去死吧！」

小春生氣了，她攤開手掌伸手朝我揮過來。也就是使出推掌。

伴隨「喀」的奇妙聲響，下巴感受到了鈍痛。

好痛！

「喂，不要認真使出攻擊啦！至少控制在玩笑打鬧的範圍。」

「因為你明明沒在聽我說話，還敢對我說謊。」

小春的話我左耳進右耳出，根本沒認真聽。

我吃了一記推掌的主要原因，是高宇治同學的狀態欄。

・高宇治沙彩
・成長：停滯
・特徵、專長
學年第一的頭腦
高中生遠遠不及的美貌
容易被說服
喜歡下流哏
怕冷
喜歡垃圾食物

顯示的內容有符合我印象的，以及並非如此的資訊。
內容和我跟小春一樣，表示性格、擅長與否、興趣專長等項目。
【容易被說服】令人感到意外，不過有更加出乎意料的項目。

【喜歡下流哏】。

她總是一臉沉著的表情，有如在說沒品的人沒有人權耶？

……不過高宇治同學也在收聽的深夜廣播節目《曼達洛的深夜論》，一般公開徵選的點子單元，也有許多下流哏。我原本認為聽眾只有男性，不過既然會是那個廣播節目的聽眾，喜歡下流哏也不是那麼奇怪。

接著，高宇治同學前面座位兩個男生開始聊起低俗的話題。

「最近那裡好癢喔！」

「那裡？」

「雞雞。」

在教室裡，這話也太直白了吧？

「噗噗——」

望向那邊的我沒有漏看。

高宇治同學一瞬間鼓起臉頰忍笑的模樣。

接著，宛如發出消氣聲，她靜靜地、快速地恢復原本沉著表情的過程，也被我看見了。

……她果然喜歡。與其說喜歡，該說是被戳到笑穴了。

真是意外。

假如不曉得她喜歡下流哏，或許就會忽略變臉的過程了。

過程就是那麼迅速。

她也會浮現那種表情啊……雖然我覺得那種表情很少見，但也只是這樣。

隔著走道的隔壁位置無限遙遠。我根本沒辦法找她說話。

【膽小】？【路人】？【避事主義】？

都被說中了。

沒有錯。只不過能夠看見狀態欄，又能怎麼樣呢？

與其隨便找她說話以後受她嫌棄，還不如把這份心意放在心中就好了。

我再次瞥了一眼那張漂亮的側臉。

…………可是。

如果我多少能夠改變——有所成長的話——就會變得有勇氣找她說話嗎？

我變得能夠看見的神祕顯示，最符合的還是狀態欄這個詞彙，因此就這麼稱呼了。

狀態欄不只在同班同學身上出現，連級任老師、學長姊或學弟妹、溜狗散步的大叔身上，都像那個劈腿的同學一樣，顯示好幾個私人資訊。

至於那個花心劈腿男，由於我沒有證據，也不想和情侶吵架有所瓜葛，因此便忽視了。

今天最後一節課……也就是班會結束時，小春來到我的座位。

「阿燈。我們回家——」

「好，等我一下。」

我忙著觀察其他人的狀態，完全沒有準備要回家。

「快點啦！」小春催促我。

「你從剛剛都在做什麼？」

「我在想事情。」

不知不覺間，教室裡的學生只剩下不到一半了，看來大家都踏上歸途，或者前去參加社團活動了。

高宇治同學……看來早已做好回家的準備，她把書包放在桌上，滑著放在裡面的手機。

就算曉得我們都會收聽同一個深夜廣播節目，就算知道她喜歡下流哏，我還是沒辦法找她說話。

光是想像就不由得緊張起來了。

對我而言，高宇治同學是我第一次意識到戀愛情感，心儀的女生。

一想像要找她說話，就會把那個想告白卻放棄的學長和自己重疊，讓自己更緊張。

而且假如她那麼對待我，我會無法振作吧？

看來她擁有完善的高性能迎擊系統。

學長明明那麼帥氣。

我比不上他。

一想起那個情景，別說告白了，我連找她說話都做不到。

如果我能就此放棄就好了。

不過，我無法控制自己的目光不再盯著她，也有想和她聊天的念頭，每次看見其他男生找她說話，也無法壓抑心情變得煩躁。

「打擾了——」

有個三年級的學長隨和地出聲，獨自走進教室。

他是在學校內和高宇治同學同樣有名的帥哥，城所學長。

「久等了。我們回去吧，沙彩妹。」

城所學長露出和煦的微笑。他說沙彩妹……？

就算學校第一名的帥哥突然說了這種話，高宇治同學的高性能迎擊系統也並非虛有其表。

城所學長不曉得吧？高宇治同學不可能讓人接近的。

高宇治同學立刻站了起來。

「好的，我們回去吧。」

喂喂喂！我的（？）迎擊系統掛了嗎？

混亂不已的我只能當個旁觀者，看著高宇治同學拿著書包快步走向城所學長身邊，「要去哪裡逛逛嗎？」「也好。」只見他們一邊和樂融融地聊天，一邊離開教室了。

「小春……剛剛，到底是……？」

「唔？你在說小沙和學長嗎？」

「沒、沒錯。她的迎、迎擊系統故障了嗎……？」

「我不明白你在說什麼。那兩個人在交往吧？」

在交往——？

「在交往是什麼意思……？」

「沒有，就字面上的意思呀？他們是男女朋友。」

結束了。

剛剛結束了。

我的初戀強制落幕了。

學校第一帥哥和學校第一美少女湊成一對的圓滿結局。

感謝您一路以來的收看。

「阿燈，你兩眼無神耶？」

小春擔心地從旁看著我。

「我平常就是這樣。」

「不對，平時會更有活力啦！」

喂——？小春戳著我的臉頰。

平時我會說聲：「不要這樣。」躲開她，不過現在沒有這種力氣。

我的屁股就像生根一樣，沒有站起身的力氣。

小春翻找書包，拿出一顆糖果。

「要吃糖嗎？」

檸檬口味，是我喜歡的口味。

「我現在沒有那個心情……」

「好啦，張嘴——」

小春打定主意想讓我吃糖，把撕開包裝紙的糖果拿到我的嘴邊。

不知不覺間，其他學生也離開了。

比起拒絕她，吃掉糖果更省事。

我微微張嘴後，糖果塞進我的嘴裡。

「打起精神來——」

「妳指什麼？」

「哎呀……咦？你是認真的？真的不曉得？不要小看我了。」

我再問了一次，妳指什麼。

「你喜歡小沙吧？」

小春單手比了個一半愛心的手勢。

「……不是那樣。」

「你的情緒明顯低落，兩眼無神、魂不守舍，這些我都明白。」

或許預料會講很久，小春在隔壁位子上一屁股坐下。

「如果有個萬一，我就接收阿燈吧。」

小春望向前方，說話語速有些快，同時把一顆糖果放到嘴裡。

「為什麼啊？」

「你的吐槽不夠力。這下嚴重了……」

不要診療我。

「一定是因為肚子餓了，才更沒有精神。」

「是那樣嗎？」

「沒有錯。」

雖然小春是顧慮我才找我說話的，不過我也心不在焉，只能隨口附和她。

小春「唔——」地沉吟，湊到我耳邊咬耳朵。

「要看內褲嗎？」

「我才不看！突然問這什麼問題啊？嚇我一跳……」

我不由得從小春身邊逃跑般地拉開距離。

「因為我在推特上看到，這麼做的話男生就會打起精神了，我想說阿燈是不是也這樣。」

「妳用社群媒體的方法是不是不太好？」

我確實在網路上看過這種說法。

「好吧，我也不是真的要讓你看啦！只是心想這樣阿燈就會打起精神了。」

小春惡作劇般地嘻嘻笑了。因為她很【純情】，不會主動做出那種事吧？大概。可是……

「不要捉弄我。因為妳蹺腳，現在內褲都走光了。」

「呀啊啊啊！」

小春面紅耳赤地壓住裙襬，「去死！」一掌拍向我。

「好痛！」

「蠢燈大色鬼！」

她已經不在乎內褲是否被看見了，一腳用力踢向我，讓我連同椅子大力摔倒。

「好痛……是妳不該把裙子弄那麼短吧？」

小春情緒激動，「呼、呼——」地喘氣，令人不曉得她在生氣還是害臊，不過她滿臉通紅，呼吸急促。

「我不是為了讓人看到內褲才弄短裙子的。只是因為這樣穿比較可愛罷了。」

雖然她火冒三丈，不過內褲可是白色的。

她穿的內褲有如【純情】典範的顏色。

就像見到以前的小春，讓我心生暖意。

「對不起啦！雖然妳是辣妹，不過確實是我認識的小春。」

「那當然吧？」

「看到內褲令我放心了。」

「去死！」

「呀！」

再次遭受暴力的我嘆了口氣，終於把椅子扶正，坐回位子上。

大概是出手攻擊我而心滿意足了吧，小春沒有繼續抱怨。

走出教室後，小春詢問我。

「要去哪裡吃午餐嗎？還是回家？」

如果獨處，我又會像蛞蝓一般猶豫不決，因此決定和小春在回家途中好好吃個飯。

我逕自認為小春的交友關係是學校第一廣闊。經常有人約她或者她也會主動約其他人，和朋友一起度過放學時間。

「妳沒有約嗎？」

「現在沒有——」

就是這樣，我也不用多慮。

我們走在不知不覺間安靜下來的走廊上，前往校舍門口，轉過轉角後，有個體格強健的體育老師忽地現身。他黝黑的皮膚，以及張嘴時露出的潔白牙齒，就算距離遙遠也能看得一清二楚。

「嘖！是健美先生！」

小春這麼說，躲到我的背後。

因為他渾身肌肉，所以叫做健美先生。他也是指導學生儀容的老師，可說是違反校規常客的小春天敵。

·櫻小路詩陽

·成長：停滯

·特徵、專長

鍛鍊

身心強健

肉體派

神戶渡鴉粉絲

他的名字！由於老是叫他健美先生，不曉得本名，不過反差也太大了吧！名字沒有表現在身材上！

「我說瀨川。怎麼躲起來了？我都看見妳了。」

稜角分明、滿臉嚴肅的健美先生皺起眉頭，逼近我們。

或許是放棄了，小春不再躲在我的背後。

「妳不是和老師約好，春假時會把頭髮染回黑色嗎？」

「我不記得有這種約定。」

由於小春一邊移開目光，一邊隨口搪塞，健美先生額頭浮現青筋。

「現在也立刻恢復裙子的長度。」

違反校規的小春當然有錯，不過只要被人責罵就恢復原狀的話，小春就不會這麼打扮了。她從國中時就一直維持這種打扮。

那是一種時尚，也是小春本身的自我認同和信念，我能理解。

所以我並不打算對此說三道四。

健美先生的狀態欄，就是看到的那些資訊。

【神戶渡鴉粉絲】嗎……是指神戶的職業棒球隊吧？

小春一臉不情願的表情，正在把摺好的裙子恢復原本長度。

她說過這樣比較可愛。

就算已經看習慣了，我也覺得那種長度非常適合她。

健美先生離開後，她立刻又會恢復原本長度了吧？

「我也準備了染黑用的染髮劑。」

「什麼！」

「我原本希望不會用到，不過約定就是約定——」

「我不記得和老師約定過！」

「不對，約好了！老師記得一清二楚！」

違反校規或許不對。

不過，需要做到那種地步嗎？而且小春有造成任何人的困擾嗎——？

「啊，老師！昨天渡鴉隊贏球了呢。今年會拿下冠軍吧？」

我不禁介入兩人之間。預料外的人拋出的話題，讓健美先生的氣勢減弱一些，原本上揚的眉毛恢復原狀。

「渡鴉隊今年好像挺強的耶？」

「啊啊。沒錯。有優秀的新人加入，今年或許會奪冠吧？」

哇哈哈！健美先生心情極佳的笑聲迴響於走廊。或許認為我懂棒球，他接著便滔滔不絕

地談論中意的球隊。接著他想起自己叫住了小春，「這個星期內要改善。」只留下這句話就離開了。

「唉～～」

我重重嘆了口氣。

「意外地可行。」

以我而言做得真好。

由於狀態欄顯示了個人的興趣和喜好，只要活用這一點，連我都能輕而易舉地鬼扯。

「阿燈喜歡棒球嗎？」

「沒有。只是看了晚上的體育新聞，試著說說看而已。只要提到渡鴉隊，他就心情愉快地離開了。」

緊張感消退後，我不禁放鬆臉部表情。

「謝謝阿燈。」

我回了一句不用在意。

就在這個時候。我覺得自己的身體隱約發光了。

剛剛那是……？我察看狀態欄，發現有所變化。

・君島燈
・成長：急遽成長
・特徵、專長
路人
內向
避事主義
廣播宅
能言善道

原本【膽小】的項目變成【內向】了。
這樣算是變好了嗎……？
還有，追加了【能言善道】。
這是適當配合話題的結果吧？
【急遽成長】看來是指狀態容易成長的意思。

遇到健美先生而頓時變得沮喪的小春情緒很快便恢復了，回到平時的調調。

「竟然能在健美先生生氣的狀態下幫我解圍，阿燈也有優點嘛！」

小春咯咯笑著，跟上了我。

「因為我覺得他硬是要人染黑頭髮，這樣做太過火了。」

走出校門口後，想繞路去吃午餐的話，家庭餐廳是個選擇。

我們從通學路的途中轉向，前往熱鬧的車站方向。

「真沒辦法，我請客吧！」

「真的嗎？」

她是個道地的辣妹，一身違反校規的打扮，發現有人在瞄她的內褲就會動粗，不過骨子裡是個好人，也由於我們認識很久了，因此顯得十分容易相處。

心情愉快的小春哼著歌，蹦蹦跳跳地登上家庭餐廳的樓梯。

我往上一瞄，她用書包擋住了。

……看來她經常做好防護呢。

「……阿燈。」

我與望向我的小春四目相交。

「我沒看！真的沒看。」

「內褲到底哪裡好看了？」

小春傻眼地嘀咕，繼續爬上階梯。

純情的小春妹妹怎麼可能了解男人的欲望。

我原本以為她又會一腳踢來或砸東西過來而擺出防衛姿勢，鬆了口氣拍拍胸口。

我們進入店裡，被帶到座位。

小春一邊滑手機，一邊聊著今天發生的事情，而我也同樣邊玩手機邊聊天。

說起來……小春的朋友圈和海洋一樣寬廣。

或許她曉得高宇治同學和城所學長的事情。

「問妳喔，高宇治同學和城所學長真的在交往嗎？」

「對。」

僅僅是開口確認，就感受到彷彿尖銳的利刃劃過胸口的苦楚。

好痛苦……不該問她的。

即使這麼想，不過我就算失戀，對於高宇治同學的興趣也不會歸零。

「他們從什麼時候開始交往的？」

「大概這幾天，最近開始的。」

「就這幾天嗎？」

我想也是。一年級時我和高宇治同學同班，過去放學時間別說城所學長了，沒有任何男生過來接她。

我和小春向前來服務點餐的店員點了一樣的午餐套餐，接著兩人走向飲料吧。

「小春和高宇治同學感情很好嗎？」

「普普通通。」

普普通通嗎？

這麼一想，高宇治同學沒有跟哪個男生或女生交情特別好。

嗡嗡——裝了哈蜜瓜汽水的小春低喃：

「就算詢問他們倆的事情，我覺得你也不會開心喔？」

正確無比。明明是個辣妹。

我這些連續提出的問題，就像在傷口上灑鹽一樣。我也心知肚明。

學校數一數二受歡迎的男女在交往——看在旁人眼中，這種發展極其自然。

狀態欄中確實顯示【路人】的我，也很清楚以後根本輪不到自己出場。

「哎呀，喝一口嘛？今天我請客。」

小春就像勸酒一樣，把哈蜜瓜汽水推向我。

我露出苦笑。

「什麼喝一口，飲料吧可是無限暢飲的。」

「那個……就是，還、還有我陪著呀？或許你很痛苦——」

小春似乎害臊了。難道她在安慰我嗎？

「抱歉，我想喝柳橙汁，哈蜜瓜汽水就——」

「給我察言觀色，蠢燈！」

我被踢了。

「馬上就動粗——所以辣妹才令人害怕啊！」

「啥啊？你去死一遍吧？」

我的玩笑話讓小春嗤之以鼻，她心情不悅地踏響腳步聲回到座位上。

我很清楚，基於個人興趣挖掘高宇治同學和城所學長之間的事情並不妥當。

「如果能那麼輕易割捨，就不會痛苦了……」

我喃喃自語裝了柳橙汁後，回到小春等待的座位。我們點的餐點立刻端到桌上，我默默地伸手享用。

雖然小春剛剛一瞬間心情變差了，不過我窺看她臉色，似乎已經平復下來了。

「我說阿燈。她會和學長交往，表示經過謹慎思考、深思熟慮後才選了最好的人吧？雖然沒聽說過多少好傳聞，不過我也覺得他們很相配喔！」

以客觀的意見而言，這種說法令人不得不接受。

我經常聽說那個人很受歡迎。

我也曾經思考過，為什麼高宇治同學不和任何人交往。甚至還抱著「難道在等我告白嗎」——如此荒唐的妄想而苦惱著。

「別聊這種事了。午餐都不好吃了。」

「是啊……」

明明失戀很痛苦，明明只會嘆氣，我卻還是在吃飯。

精神和身體是分開的嗎？我思考這種無關緊要的事情。

咚，小春學生鞋的鞋尖輕碰了我的鞋尖。

「如果你很難過。就由我，那個……幫、幫你忘記。」

「啊，喔……」

我隨口回應，神遊太虛。話說回來，我回想起高宇治同學的狀態欄。

【學年第一的頭腦】和【高中生遠遠不及的美貌】等，這樣的人對於想盡早融入班上氣氛的我來說，果然是高嶺之花。

「是說，妳剛剛說沒聽過多少好傳聞吧？是什麼樣的傳聞？」

「嗯——？或許男生不太清楚，不過他經常在交往了之後就立刻分手，也常聽說他只想打炮。」

「小春妹，只想打炮是什麼意思？」

就像生物的分類嗎？因為有小弟弟，所以身上有槍嗎？像是人科男性槍目？（註：此處為日語的諧音哏，把想打炮（yarimoku）理解成槍（yari）和生物學的目（moku）。）

「咦，你不知道？指目的是上床。」

「和我想的那種槍不一樣——不對。此話當真嗎？」

喂喂喂，那麼一來狀況就有～～點改變了。

「聽說隔壁班的女生和三年級的學長交往後立刻就分手了。」

吃乾抹淨立刻就分手了嗎？

不可原諒……如果真是這樣……我有了不好的預感。

雖然被【喜歡下流哏】吸引注意力，不過也有其他令人意外的項目。

【容易被說服】。

高宇治同學是否被城所學長糾纏不休地說服，然後投降了呢？

迎擊系統並非失去作用了，而是不視為問題，由於敵人不斷逼近，便輸給那股邪惡的熱情了——

「高宇治同學不知道那種傳聞嗎？」

「或許不知道。就算小沙不曉得那種事，不過也有女生覺得無所謂。」
「就算有奇怪的傳聞，也想和對方交往？」
「畢竟很虛榮呀！我現在和大家憧憬的那個人在交往——像這樣。」
「女生啊……」
結果還是看臉。帥哥有一點缺點也被視而不見嗎？
「唉，也是有這種女生啦，單純只要長得好看，就算是渣男也可以。」
「小春也這麼想嗎？」
「我完全不會。我絕對無法接受渣男。」
「真純情。辣妹都有所堅持，因此可以信任呢！」
好想獻上掌聲。
「你瞧，畢竟我是那樣呀。」
「哪樣啊？」
「喜歡長相中等，或者說偏中上的男生……」
真意外。我還以為大家都喜歡帥哥。
「超過基、基準的話，剩下就是性格！」
突然臉紅的小春提高音量大聲說道。

「基準……順道一提，我呢？」

我不由得順水推舟詢問後，依然面紅耳赤的小春，大吼大叫地說道：

「完、完全不行啦！比不行更不行，根本印尼炒飯！」（註：此處為日語的諧音哏，不行(nashi)和印尼炒飯(nasi goreng)發音類似。）

「妳也用不著那麼強烈否定……」

我原本以為她會笑笑不當一回事，沒想到她卻堅定又認真地拒絕了。就算是青梅竹馬，這種態度還是讓我有點受到打擊。是說印尼炒飯是什麼啊？

離題了。

小春表示，就算是渣男也有女生願意交往。而高宇治同學或許就是不在意這種傳聞的類型。

「又或者說，因為小沙朋友很少，單純沒聽過傳聞？」

這麼一來，她不曉得帥哥學長的目的是打炮，一定是被死纏爛打，才不由得答應的吧？

現在他們也在某個地方享受放學後的約會——

「……得讓他們分手。」

「唔？」

小春把叉子放入嘴裡，感到不可思議地歪過頭。

「我要把高宇治同學從學長手中搶回來。」

這次小春瞪大雙眼。

「咦，為什麼？」

「高宇治同學是被城所學長死纏爛打、拚命說服後，才無可奈何和他交往的。」

「阿燈的妄想大爆發了……」

雖然小春眼神帶著錯愕，不過我無所謂。

如果只是我的區區妄想就算了。

我不想看見高宇治同學遭受魔爪凌虐、受傷的模樣。

「所以說，我要從學長手中把高宇治同學搶回來。」

「搶回來……你的說法就好像她是你的所有物耶？」

「別理會這種細節啦！」

「說不定傳聞是空穴來風，或者說他特別珍惜小沙呢？」

「怎麼可能！」

「你也太過武斷了。」

「……………不過，該怎麼做才好？」

「天曉得。」

傻眼的小春喝了口哈蜜瓜汽水。
就算嘴上說想把人搶回來，我又能做什麼呢？
能看見城所學長的狀態欄就好了。我受到的打擊太大，沒有顧及那麼多。
「小春，妳不把傳聞跟高宇治同學說嗎？」
「我不要。特地跑去說人家男朋友負面傳聞的人才不能信任。」
「妳好堅持……令人尊敬。」
「那當然。」
小春一臉得意洋洋。
只要高宇治同學討厭城所學長就好了，不過我不曉得對方弱點的資訊。
就算我知道那種事，如同小春所說，向她說壞話的人和正在交往的男朋友，哪一邊比較值得信任，想都不用想。
「阿燈真的非常擔心小沙，擔心到無法自拔的地步吧？」
「嗯？……是啊。」
當面承認總覺得令人難為情，我不禁移開目光。
稍微沉默了一陣子後，小春微微笑了。
「只要阿燈和她加深情誼就好。原本以為已經結束了，既然你還沒有放棄，那就澈底做

到你能夠接受的地步吧？」

「小春……」

我和她加深情誼——這是最好的正攻法……對吧。

「只要是這種坦率的做法，我就會支持你。」

「小春，謝謝妳。」

「當你曉得沒辦法的話，我隨時都可以安慰你。」

她真的是個好人。

「啊，安慰可不帶有奇怪的意思喔！」

「我什麼都沒說耶？」

「是、是嗎……我覺得阿燈會做奇怪的想像。」

「思考這種事的人才是最色的吧？」

小春的腳尖咚地攻擊了我的小腿。

「好痛！」

「我並不像大家想像得那麼色。」

心情又變差的小春連踢了好幾次我的小腿。

「知道了啦！」

雖然是裙子短得不得了，大腿也外露，可以偷瞄到內褲，胸部很大的辣妹，既然【純情】，一定就是她說的那樣吧？只憑外表判斷會吃虧的類型。

「那麼，首先得練習對話。」

對了。我和她沒講過幾句話。

我目睹了那一天告白的場景，一想到如果發生那種事，便無法向她搭話。

既然可能被她討厭，不要講話比較好——

只從遠處看著她就好——

這是我應對高宇治同學的態度。

因此我們沒有交情。喜歡的人被其他人搶走也不在話下。

「就算會白費工夫，我也想努力看看。」

「是嗎……看來你是認真的。」

聽見我的決心後，小春傷腦筋似地笑了。

「……為什麼要在我家？」

「比家庭餐廳的氣氛更好呀！」

小春隨口說明。

離開家庭餐廳後，我們來到我的房間。

多久沒邀請小春過來了呢？印象中最後一次大概是在兩年前。

「我好久沒來了……有阿燈的味道。」

小春動了動鼻子嗅了我房間的味道。

「嗚哇——小春妹剛剛的發言很變態！」

「啥？哪裡變態了！」

小春拍掉我指向她的手。

我都會定期換氣通風，應該沒有奇怪的味道才對。

「那麼。來，快點進行吧！」

小春坐在床上，我也拿了張椅子坐在她面前。

「把我當作小沙，你試著找我聊天。」

小春是高宇治同學……

由於兩人截然不同，我絲毫無法想像，不過終究只是練習，就算了。

「那個…………今天，天氣，真好……」

「是啊。」

「「…………」」

啊，對話結束了。

「我說阿燈，聊天氣不好喔！」

小春的眼神帶著誠懇，以極為認真的語氣叮嚀了我。

「那不是人人共通的話題，萬能的對話嗎？」

「就因為人人共通，才像那樣瞬間結束喔！」

確實如此。

「小春很多朋友吧？妳都怎麼交朋友的？」

「那枝筆好可愛，在哪裡買的——？像這樣，稱讚留意到的地方。」

「是喔？再跟我多說一點。」

「聊彼此都認識的人的話題……老師的話題就很好聊。比如說抱怨之類的。『健美先生有狐臭吧？我每次通過時都會憋住呼吸。笑死。』像這樣？」

「喔喔～！聊得好起勁！」

溝通能力好高強！

「我是這樣想的，有人找我說話會很開心。所以我會找人聊天。」

感到害羞的小春抓了抓脖子。

雖然我的青梅竹馬是個徹頭徹尾的辣妹，卻是個好孩子……

「阿燈沒有共通的話題嗎？」

如果有共通的話題，就容易交到朋友——

看來我的直覺沒有錯。

「其實我喜歡聽廣播。」

「廣播？」

這是我沒有和任何人提過，私底下的興趣。

青梅竹馬的小春當然會驚訝。

「沒錯。有個叫做曼達洛的搞笑藝人組合吧？」

「啊，對。他們很常上電視。」

「曼達洛」是由擔任裝傻的本田和擔任吐槽的滿田——暱稱阿滿，由這兩人組成的三十多歲男性搭檔，最近經常上電視。

「我很喜歡那兩個人主持的深夜廣播節目《曼達洛的深夜論》，經常收聽。」

忠實聽眾常把節目名稱簡稱為《曼深》。

小春聽了之後，「是喔——」反應平淡。

就我自己的印象裡，說到興趣是收聽廣播，一般似乎都會給人有點陰沉的印象，因此我一直沒有說出來。就像以前世人對動漫宅抱持的印象。
我認為這種興趣的認知度比起次文化類型的興趣還低，因此也沒有機會說出口。
總而言之，小春似乎沒有偏見，我鬆了口氣。
「那麼，你不會隨便聽聽，而是跟看動畫或實況一樣忠實收聽？」
「對。那個節目在每週三的深夜一點開始播，我會準時收聽。」
「昏昏欲睡是因為聽廣播啊……我原本以為你在看動畫。」
「我也並非不看，但不到準時收看的地步。」
「就那麼有趣嗎？」
既然她有興趣，我就湧出說明的衝動。
應該說，這是我第一次和別人談論廣播節目的話題，因此想聊得不得了。
咳咳。我清了清喉嚨。
「首先阿滿和本田兩人會聊到這一週發生了什麼事，或者讓人在意的事情——」
「阿滿是哪個人？站在左邊那個？」
說到左右，應該是指講段子時站的位置吧？
「阿滿是看過去右邊，負責吐槽的人……他們會聊到在電視上不會說的、私底下的話題，或者日常生活感到傷腦筋的話題喲！」

「……？」

小春的表情就像在詢問那樣哪裡有趣了。

就算她有這種想法也不會說出口，從這方面可看出小春尊重其他人、待人接物的技巧高超的一面。

「不是啦，就算是會上電視節目的藝人，也有普通的煩惱或者傷腦筋的事情，這是理所當然的。那樣令我湧現親近感，而且不愧是搞笑藝人，講話都很有意思。」

「是喔。」

「會令人產生『那種事我懂——』之類的反應。」

小春的表情沒有絲毫變化。

這樣的話……

「妳要聽昨天的廣播嗎？用ＡＰＰ可以收聽。」

「不用，聊到這裡就好。」

我覺得實際聽聽看更容易理解，但沒想到她乾脆拒絕了。

我的說明技巧拙劣，小春才會是這種反應吧？明明很有趣的。

「唔——回到原本話題。」

「先別回去。話還沒有說完——」

「感覺會講很久，所以不用了。」

我可是還沒有講過癮。

因為曉得可以聊，都已經啟動引擎了，反而令人不太暢快。

「……算了，有機會妳可以聽聽看。高宇治同學恐怕是曼深的聽眾，我想這可以當成共通的話題。」

「為什麼你知道？」

「她有周邊產品。」

「就算這樣，她是否像阿燈那麼熱情，又是另一回事了。說不定她只是喜歡設計才買周邊產品而已。」

「啊！」

還有這種可能性嗎——！

「以剛才那種談話速度交談的話，別說小沙了，連我也會受不了。」

「會讓小春受不了，看來很嚴重。」

「還冷靜分析……」

我置身事外般的說法讓小春嘆了口氣。

「不過，或許能當作談話的開頭。妳在哪裡買的——可以從這種地方展開話題。」

「那個周邊是節目第兩百集紀念而做的限定貼紙，實在有夠土。」

「很、很土嗎？」

小春表情蒙上一層陰影。

對於辣妹而言，土氣就像禁忌吧？

「在節目中，阿滿和本田也笑著說『到底有誰想要這種東西』或『為什麼把預算花在這種東西上』。」

「……然而小沙卻有那個周邊？」

「嗯。那麼土的話，我也想要。」

「價值觀沒問題嗎？」

「那種有問題的地方，該說是對節目的愛吧？所以我想高宇治同學也同樣如此。」

「看來你只能找她聊天了。」

「喔、喔……」

當我想像實際上找她聊天的情景，依然感到十分緊張。那一天告白場景的殘像依然烙印在腦中揮之不去。

「不要怕啦！你都擊退健美先生了，要找小沙聊天根本輕而易舉。」

小春以輕鬆的口吻笑道。

「小沙也不是妖魔鬼怪，只要自然地找她聊天，她也會自然地回答。」
啊，沒錯。「嗯。」我用力點頭。
「畢竟聽深夜廣播的聽眾不會有壞人。」
「這主張也太強烈了。」
制定好會話起頭的作戰後，終於要開始練習了。
「高宇治同學，那是廣播節目的周邊貼紙嗎……？」
「對呀——」
高宇治同學才不會以那麼輕鬆的態度回話，不過算了。
「我、我也會，準時收聽，那個廣廣廣播……那個……」
「……超噁的處男。」
小春嘀咕。
「嗯？」
「……超噁的處男。」
她確實說了第二次！
「妳剛剛是打算傷害我才這麼說的吧！」
那已經不是責備或否定的等級了。

「你突然口齒不清、講話速度飛快，那樣好噁。」

「到了緊要關頭就是會緊張啊！還有，我不是處男。」

我在腦中已經做了一百次左右。

「天大的謊言。」

「是說畢竟在練習，口齒不清也沒差吧？」

在那之後，小春陪我練習了約三十分鐘左右。

思考了分為她是聽眾，或者不是聽眾的兩種應對模式做了練習，小春也掛保證地表示：

「練習了這些應該沒問題了。」

「如果氣氛不佳的話，我也可以幫忙介入喲？」

雖然小春這麼對我提議，不過我拒絕了。

太依賴小春不好，而且這終究只是我的事情，和小春幾乎無關。

如果小春和高宇治同學感情很好，或許可以讓她幫忙，不過根據小春的說法她們交情似乎很普通。

「拜拜。」

小春回去後，我喘了口氣發呆了一下，窗外的小春注意到我，朝我揮揮手。

我沒有膽怯，沒有口齒不清，也不會說話太快。

我來到學校以後，一直講這些話給自己聽。

雖然我一直想找機會和隔著走道坐在隔壁位置的高宇治同學聊天，卻一直沒有好機會。

漂亮的側臉，雪白又纖細的手指。一瞬間她似乎看向我，讓我不禁別開目光。

昨天她和城所學長做了什麼呢？

我也好在意這件事。

不過就算我詢問她，她似乎會說聲：「和你有什麼關係？」狠狠拒絕談話，所以不能開頭就問這件事。

只要和昨天練習的一樣，向她搭話就好。

理想狀況是……

「啊，高宇治同學，那是曼深節目的周邊商品吧？」

「咦？你很清楚耶。」

「我也經常收聽。高宇治同學呢？」

「是啊。我喜歡聽感情和睦的那兩個人聊天……」

「我懂～」

大概這種感覺。

由於需要「注意到」她手中的周邊產品，希望這個部分可以自然發展下去。

在我獲得技能後，多虧了做過練習，決定聊廣播節目的話題後，向她搭話的心理難度比以前下降了。

或許也多虧了【膽小】變化成【內向】。

雖然緊張兮兮，卻不像以前嚴重……

「沙彩，下一節課——」

「下一節是現代文喔。」

她和其他女生聊完後，有了空檔。

我沒有膽怯，沒有口齒不清，也不會說話太快——

就是現在。

「那、那個，高宇治同學。」

撲通、撲通，我曉得太陽穴的血管在收縮。

「什麼事？」

漂亮和可愛平衡絕佳的臉，令人都要看入迷了。

連疑惑而歪頭的舉動也很迷人，就像連續劇的一幕。

筆直看向我的高宇治同學，令我不由得快要移開目光。此時，昨天小春的建議之一在耳邊復甦。

「不要移開目光。聊天時要好好看著對方眼睛。這麼做很普通。」

我感覺迎擊系統的砲口一齊對準了我。

只要會話的選擇失誤，就會一同發射，把我打得遍體鱗傷。

我明明在腦中反覆練習了那麼多遍，台詞全都隨風而逝了。

視線一角的小春，憂心忡忡地瞄向我。

停頓了奇妙的空檔，我總算指著節目周邊的貼紙。

「那個。」

「這個怎麼了？」

「廣播、節目的。」

我一個詞一個詞，總算說出話來。

正面看向喜歡的人的臉，讓我緊張兮兮，也因為害臊而臉紅了。

「我也喜歡那個節目。」

「是喔。」

……

…………

高宇治同學開始準備下一節課的用品。

啊？咦？和我預、預料的反應不一樣！

呈現對話結束的氣氛。

用頭腦思考，能夠流暢開口的話，我就不會在一開始碰壁了。

別想著要流暢講話了。

我會膽怯，會口齒不清，講話太快也沒關係。不要讓只限一次的談話機會這樣結束。

「那、那兩個人講話，很、很有趣吧……？前陣子阿滿的浴缸壞掉的話題，我當時笑翻了——」

啊。太熱情會令人受不了，我昨天才被叮嚀的。

我回神的那一瞬間。

如美麗陶器般面無表情的高宇治同學瞇細眼睛，輕笑出聲。

「那一段我也笑了。」

「是、是啊。我我我我也，笑得，肚子好痛——節目尾聲，阿滿主持的點子單元也很棒。」

「我也喜歡那個單元。」

我正在和高宇治同學聊天。有一種達成驚人之舉的成就感。

「那個單元，有許多下流哏，女生也會笑嗎？」

嗯，高宇治同學望向半空中，就像那裡有答案似的。

「……取決於內容。」

「畢竟節目是在深夜播放，內容方面也讓我覺得只有男生會聽，沒想到像高宇治同學這麼可愛的女生也會收聽，我好吃驚……」

長長的睫毛上下飛動，高宇治同學不斷眨眼。

「謝、謝謝……」

她小聲道謝後，別開了臉。

「嗯。咦？」

好奇妙的反應。

我剛剛說了奇怪的話嗎……？

……

…………

我說了！說了好噁的話！

「不不不不不不對、不是那樣，說妳可愛並沒有奇怪的意思！客觀來看，那個，普遍來

說的那種評價——！」

要我不著急是不可能的。我不小心說了奇怪的話。

「雖然妳大概聽習慣了——那個。」

高宇治同學搖了搖頭。

「對、對不起。我也嚇了一跳……由於我不習慣被人直接稱讚，因此不曉得該有什麼反應才好。」

把頭髮撥到耳後是她的習慣嗎？還是說想順便用手遮住臉呢？總之一瞬間瞄到的臉頰有點紅。

「高宇治同學聽不慣被說可愛的世界線存在嗎？」

單純的疑問。有人向她告白時，也會對她這麼說吧？

教室某處傳來「主張太強烈了」的聲音。

「有、有啊……存在的……」

高宇治同學愈來愈小聲。有如呈現反比一般，臉頰則愈來愈紅。

那是什麼反應？好可愛。

「一般不會當面對人這麼說……」

我失誤了。

不過，迎擊系統似乎沒有啟動？

「對不起——因為我沒有遇過其他聽眾，不小心太多話了。」

垂下頭的高宇治同學又搖頭了。

「我也是第一次在現實中碰到聽眾。」

用推特或其他社群媒體的話，就能找到大批聽眾。

「「不小心太開心了。」」

我和高宇治同學異口同聲。

或許因此感到難為情，高宇治同學抬起肩膀，縮成一團。

聊天以前跟找她說話以後，給人的印象截然不同。

或許是因為只聊了這個話題，不過我打從心底慶幸有共通的話題。

因為我喜歡她，不過在那之前，我是第一次和同好聊天。

掛在桌子旁的高宇治同學的書包突然映入眼簾。

雖然我們隔著一段距離，好歹是隔壁位子。

看過好幾次的那個書包，掛著一個陌生的物品。

「咦？那是——」

鑰匙圈。

我曾經在官方網站查看是何種設計，肯定沒錯。

那是現階段只贈送給某一位聽眾的鑰匙圈。

「那不是送給《曼深》的年度MVP明信片職人的周邊嗎——？」

在廣播節目中即時寄送感想的電子郵件，或者寄電子郵件到徵選觀眾來信單元的聽眾，由於以前留下來的說法，現在也稱之為明信片職人。

那一天節目上——

『我們會將不怎麼樣的周邊，送給被選為年度MVP的「宇治茶」。恭喜「宇治茶」。』

『不要用不怎麼樣形容w　只是寒酸罷了。』

『那不是我說的，你才最沒有禮貌w　我的「不怎麼樣」是謙虛的形容。這是小禮物的意思。快看。錄音室外的工作人員聽見你的真心話，都露出悲傷的表情嘍！』

前幾天我才聽過這一段。

「您是明信片職人『宇治茶』大師……？」

我再次開口後，高宇治同學快速地遮住那個周邊。不過就算對我這種忠實聽眾做出這種事，也已經太遲了。

【喜歡下流哏】的狀態欄，也有這層含意啊？

明信片職人「宇治茶」。
那是在《曼達洛的深夜論》中也經常被唸到電子郵件的明信片職人，那名聽眾參加徵選的郵件大多是下流哏。
高宇治同學以忐忑不安的模樣窺看我。
「這是別人給我的。」
「鬼才下流哏明信片職人竟然是名美少女……」
「你弄錯人了。」
雖然露出冷靜沉著的表情，不過就算妳露出那種表情也沒用。
「還、還有，我不是，美少女……」
高宇治同學就算難為情，也不忘記虛弱地否定。
「『宇治茶』大師每次投稿的哏都讓我捧腹大笑。」
「別說了。不要說出那個名字。」
她投來銳利的眼神，一瞬間又變得膽怯。
不過，肯定就是她。筆名「宇治茶」。這半年來，投稿的電子郵件經常被唸出來的明信片職人。
廣播播放時的曼達洛也會因為「宇治茶」的點子哄堂大笑，節目播完後，用節目關鍵字

搜尋推特，也能找到幾則關於「宇治茶」的點子的正面感想。

「這週的電子郵件也被選上了。」

「我說過你弄錯人了。」

「以性方面的雜學為著眼點的點子，讓我笑了好久。」

原本高宇治同學的眼睛甚至散發著殺氣，現在慢慢減緩了力道。

「我一直覺得只有男生會寄信參加徵選。女生的話會有那種著眼點，也就說得通了。」

或許感到開心，高宇治同學冷酷的表情逐漸得意起來。

「請問被選上的機率大概多少呢？」

順道一提，我也參加徵選過。收聽經歷兩年，寄了約二十封。不過連一封也沒有被選上過。節目上曾隱約提過，每週約有好幾百封的郵件，因此被選上的機率可說非常小。

「大概八成左右吧？」

「好厲害……！」

「呵呵。」

一臉得意洋洋。

「欸，君島，你說話為什麼改成敬語了？」

「因為我很尊敬『宇治茶』大師。遇見本人不由得就用敬語了。」

由於反差太大了，在我心中，高宇治同學和「宇治茶」大師是同一個人物的等式尚未完成。

一意識到是高宇治同學，就會普通地說話。

「『宇治茶』大師，可以幫、幫我簽名嗎……？」

「咦、咦——我、我的簽名嗎？」

雙眼圓睜的高宇治同學指著自己。

「是的，當然。」

「怎、怎麼辦……我是第一次幫人簽、簽名。」

高宇治同學害羞地笑了，從筆袋裡拿出原子筆。

她已經不否定了呢。

我把筆記本遞給她，指著最後一頁，請她簽在這裡。

唰唰唰，高宇治同學流暢地簽了名。

「還給你。」

「感激不盡。」

還給我的筆記，我以有如領取畢業證書的慎重態度感激地收下了。

是什麼樣的簽名呢？

我一看，上面以整齊的字跡寫著「高宇治沙彩」。

「……」

「這是我第一次，不太清楚怎麼簽比較好，不過是第一個簽名喔！」

她邊這麼說邊浮現滿意的笑容。

那張笑容會讓任何男生怦然心動，原本我應該也要心跳加快，不過狀況不一樣。

比起怦然心動，我先感到失望了。

「不是這樣啦，高宇治同學……」

「咦、咦、咦？不是嗎？」

高宇治同學坐立不安，慌慌張張。

「藝人在簽名時，不會寫本名吧？」

「那……倒也是。」

大師似乎同意了。

「向一、一介聽眾索取簽名也不對啦。」

咦……她惱羞成怒了。

就像對於失誤感到丟臉，而遷怒於我一樣。

似乎心情不悅的高宇治同學，把臉轉向另一側。

……縱使惱羞成怒毫無道理，因為可愛，我情不自禁原諒她了。

有個男生說老師來了，快步回到座位上。

啊，休息時間結束了——

在最後的最後，我得好好傳達自己的想法——！

「以後我也會為妳加油。我每週都會期待收聽。」

這是我沒有一絲虛假的坦率想法。

高宇治同學瞄了我一眼，伸出一隻手。

「只是握手的話，那倒是沒關係喔？」

「拜託了。」

我用雙手握了態度有點高傲的高宇治同學的手。

「請努力寄電子郵件參加徵選。」

「不用你說，我也會努力的。」

放手之後老師來到教室，開始上課了。

在筆記本的最後一頁，寫有端正的字體。

比我預料得聊了更久。有如夢境般的時光。

而且也和「宇治茶」大師握手了。

…………唔？

「宇治茶」大師和高宇治同學是同一個人……

表示我和高宇治同學握手了嗎？

如果我把她視為高宇治同學看待，大概無法和她握手吧？一定是的。

2 同好

下午的班會，要選出今年度的各個股長。

起初小春說聲：「美化股長很輕鬆，就做這個吧——」邀請了我，我原本想聽她的，不過狀況變了。

「首先，要選出男女各一名班長，由那兩個人選出剩下的股長。」老師說明後，原本吵雜的教室籠罩著奇妙的寧靜。

由於給人的印象就很多事，因此沒有人主動表示想擔任班長。

「自薦或推薦都可以，有人想發言嗎——？」

傷腦筋的老師這麼說之後，有個女學生舉手了。

「沙彩的成績很好，我覺得她很適任。」

任何人都認同的資優生高宇治同學成為眾人焦點。

「高宇治同學的話會好好做事，我覺得選她很好。」

有個男學生這麼說，高宇治同學沉著的表情有些蒙上陰影。

我不是想推給她，也覺得她很適任。

不過她似乎不怎麼有意願的樣子。

接著或許是覺得麻煩，想把事情推給她吧？幾名男女生都提議推薦高宇治同學。

「高宇治同學，怎麼樣？妳去年也是當班長吧？」

「……是的。」

高宇治同學回答之後，似乎陷入了沉思。

如同【容易被說服】的狀態所示，受到班上將近一半的學生推薦，或許難以表示拒絕。

班長由男女各一人擔任。

此時我自薦自己，大概就能馬上決定了。

這麼一來，就由我來指定某個女生，讓她擔任班長吧。這樣高宇治同學就算不做也沒關係了吧？

容易被說服的高宇治同學十分為難。

如果說我想解救她就太誇張了，不過應該可以避免強硬地逼迫沒有意願的人做事。

好，我擬定好計畫了。就這麼做。

高宇治同學沐浴在眾人目光下時，我悄悄舉手了。

「老師，既然要選男女各一人的話，要不要改成由先選上的人指名人選呢？」

「要看被指名的人選是誰。我覺得這麼做也可以。無法決定的話，也可以用一般的做法。」

老師乾脆地答應了。

雖然我不習慣受人注目，不過一想到可以幫助高宇治同學，就沒什麼大不了的。

「那麼我來當。」

我知道高宇治同學望向了我。

「那就拜託君島同學了。」

沒有反對意見，如我所料立刻決定了。

「因為高宇治同學似乎沒有意願，就由我來決定女生的班長。」

我來到教室前方簡單說明。由於不習慣做這種事，像這樣大家的目光都集中在我身上，實在很難為情。

「瀨川同學，妳願意當嗎？」

直呼小春令我心生猶豫，因此便叫了姓氏，接著小春起立。

「我就覺得會變成這樣。雖然很麻煩，不過我可以。」

小春帶著燦爛的笑容答應了。

「老師覺得瀨川同學不太適合耶？」

「咦——？為什麼？人家很適任吧，會顧好班上的事情喔？」

「嗯——要妳當班長有點……」

意思是全身上下都違反校規的人不適合擔任班級代表嗎？

糟糕。預測失準了。

噗——噗——小春抱怨後，立刻有人舉手了。

「我來當。」

有力的一句話，讓教室一片寧靜。

舉手的人是高宇治同學。她看不下去大家在傷腦筋了嗎？

當然沒有人反對，老師也非常贊成，女生班長就決定由高宇治同學擔任了。

「妳不排斥嗎？」

我問來到前面的高宇治同學，她搖了搖頭。

「不會，我不排斥。」

只是我自作主張想太多而已嗎？

「因為君島同學才令人不安。」

「或許是這樣沒錯。」

高宇治同學輕輕笑了。

「開玩笑的。」

平時總是面無表情的高宇治同學一笑，那是相當燦爛的笑容。我思忖，還有這麼正面意義的表情崩壞，就被平時沉著表情的反差奪走了目光。

「還有，在學校禁止聊到廣播的話題。」

「咦？為什麼？」

那個話題被禁止的話，我就沒有找高宇治同學聊天的契機了。

「要聊那個話題，就會提到那個名字吧？我希望你不要再提及了。」

防止身分露餡嗎？

既然是這種考量，我也勉為其難答應了。

決定好班長人選後，也順利選出其他職務，接著很快來到放學後。

「阿燈，人家明明說要一起做美化股長的。蠢燈大蠢蛋。」

小春鬧彆扭般地噘嘴，來到準備好回家的我的座位旁。

「我只不過回答或許不錯，可沒說要做喔？還有，叫我蠢燈大蠢蛋，就像在說腹痛好痛一樣。」

這樣也好啦——小春無趣地說道。

她的語氣和態度完全是不好的證據。

「你們感情很好呢。」

高宇治同學一問，小春便回應了。

「因為我們是青梅竹馬。」

「啊，所以才……」

高宇治同學似乎理解了什麼，頻頻點頭。

「小沙還不回家嗎？」

「我在等學長。」

對了……高宇治同學和城所學長在交往……

「啊，阿燈眼神死了……」

我們聊了許多事情，或許加深了情誼之類的，今天有了不少想法，不過「我在等學長」這句話，讓這些心情遭到澈底粉碎。

原本就已經太遲了。

遊戲結束了……

縱使告訴高宇治同學傳聞，「竟然說別人的男朋友壞話，太差勁了。」她似乎會以鄙視的眼神給我最後一擊。

「對了，我媽說今天要不要來我家吃飯。」

「啊啊……」

我過世的母親和小春的母親感情很好，她擔心我家是單親家庭，有時會像這樣找我去吃晚餐。

「只要嘰一下就好。」

「嘰——噗！」

如倉鼠般鼓起臉頰的高宇治同學摀住嘴。

用微波爐嘰一下的「嘰」也能讓她發笑嗎？

原本在想是什麼水準的下流哏，結果是小學低年級的水準……

「嗯？小沙，妳剛剛笑了嗎？」

「妳在說什麼？」

就像一個按鈕就讓表情恢復一般，高宇治同學變回原本泰然自若的「沉著」表情。

「沙彩妹，讓妳久等了。走吧。」

一臉爽朗又帥氣的城所學長窺看教室後，高宇治同學站了起來。

「我沒有等太久，沒關係。」

「我先走了。」她拿起東西向我和小春打過招呼後，便和城所學長一起離開了。

「好帥氣——可是只想打炮——」

小春有節奏地說唱道。

容易被說服，下流眼的容許範圍也很廣闊的高宇治同學……

會和那個帥哥做各種事情……

「沒戲唱了。原以為和她變成朋友，不過卻沒有任何機會。」

「我一開始不就說過了？唉，雖然不曉得你的想法，你們不是要一起當班長？以後也有很多交談的機會喔？」

「知道沒有機會還聊天，很痛苦的。」

不過能說到話很開心。這是……陷阱還是什麼的？

「小春接下來有空嗎？」

「唔——？是有空。」

「那陪我一下。」

距離走在前方的俊男美女幾公尺的距離。

我邊躲在暗處邊跟蹤那兩個人。

「突然要我陪你，原本還在想是什麼事……」

後方傳來小春錯愕的聲音。

「竟然要跟蹤學長和小沙。有必要找我嗎？」

「被發現時才能蒙混過去吧？」

「原來是這樣。」

雖然她故意「唉」地嘆了口氣，我卻絲毫不在意。

和城所學長並肩行走的高宇治同學，這對情侶亮麗到甚至讓擦身而過的人回頭，吸引了行人的目光。

兩人之間似乎沒有談話。

我所想像的情侶，是那種感覺嗎？

「小春，那兩人沒有講話耶？」

「看來是這樣～」

大概是覺得無聊，小春看著打理得很光亮的指甲。

「高宇治同學看起來不太開心。」

「是嗎？」

小春的目光終於望向兩人。

「畢竟才剛開始交往，覺得有點尷尬也是有可能的，或許彼此都很緊張。時間一久，就不會有那種有點尷尬的氣氛，能夠開心談天了。」

她絲毫沒有同意消極的我的揣測。

「既然小春這麼說，或許就是這樣沒錯，不過學長是因為喜歡高宇治同學，才和她交往的吧？」

「搞不好是小沙提出的。畢竟阿燈太武斷了。」

就像我隱藏對高宇治同學的心意，高宇治同學也隱藏對城所學長的心意……？那麼一來我也能理解高宇治同學會緊張而無法好好說話。

相對的，假如是城所學長心儀高宇治同學，向她告白的情況。如果是我，就算裝作有精神也會找話題聊天，不過身經百戰的帥哥學長沒有這麼做。

我試著查看城所學長的狀態欄。

・城所龍星
・成長：停滯
・特徵、專長
自己和他人公認的帥哥

運動萬能
策士

高宇治同學也是這樣，不過他的狀態欄中確實有稱讚容貌的項目。
只要客觀來看說得通，狀態欄就會顯示帥哥或美少女吧？
「帶有麝香味又香甜的，只限於哈蜜瓜就好啦。」（註：原文用甘いマスク形容學長帥氣，而日本有種麝香味重的哈蜜瓜叫做マスクメロン。）
「你說什麼？」
「沒什麼。」
也很擅長運動，他真的全身上下淨是些受歡迎的要素。
【策士】令人十分在意……
希望他沒有不好的企圖就好了。
「說不定……他要把高宇治同學介紹給壞人同伴，打算把人帶到見不得光的世界。」
小春呵呵笑了。
「你想太多了。」

「我曾經在漫畫上看過！」

「不對，那是漫畫呀？」

「這麼說也對。」

一句話讓我恢復冷靜。

我們追蹤兩人到熱鬧的車站前。我依然沒有感受到他們之間傳出和樂融融的氣氛，只不過待在一起罷了。

「難道高宇治同學和學長是認識多年，住在附近，像兄妹一樣長大，只差一歲的青梅竹馬嗎？」

這麼沉默且彼此都不在意，我只想得到那種可能了。

「跟我和阿燈一樣的關係？」

「對。該說就算沉默不語，也不會在意，或者說不會難受，那種沉默也令人舒坦……」

提倡鄰居關係論述的我，沒有聽見否定的意見。

我瞄過去，小春用手指撥弄金髮。

「阿燈是那樣看待我的嗎？」

錯覺嗎？小春的臉好紅。

至今我也常常和小春一起回家，不過我們也沒有聊天聊得很熱絡。倒是沒說話的時間還

比較長。

那段時光不會讓我感到難受。雖然我不曉得小春的想法，不過午休時間來到我經常待的祕密場所的小春，也不會特別聊些什麼，只是一直玩手機的情況也很常見。

討厭沉默或不說話的話，就不會特地造訪那個場所了吧？

「與其說看起來是這樣，實際上就是這樣吧？」

「再多說一點。」

小春在面前頻頻彎曲手指，要求說明。

「所以說，不是沒有話講，而是不說話也可以的交情……關係好到不說話也可以，大概吧？」

小春的嘴角滿意地揚起。

「阿燈是那樣看待我的啊～？」

「我在想，那兩個人是否也是那種交情——」

「那兩個人的小學、國中應該都是不同學校。」

「那就是住在附近，或者是青梅竹馬。」

「應該也不是兄妹或表兄妹。」

那麼，簡單來說就是不說話。

在我和小春說話時，他們倆進入公園。我從入口附近看了一下，發現有輛餐車，他們在那裡買了可麗餅。

接著，兩人之間終於開始對話了。

「『這裡我請客就好，小沙不用出錢。』『咦？不過那樣不好意思。』『沒關係，我請客就好。亮出潔白牙齒。』『那就聽你的。』」

小春配合兩人的動作配音。

兩人的交談大概就像這樣吧？

「那間店很好吃，在社群媒體上也蔚為話題喔。很受女生歡迎。」

「學長研究過了吧。」

我完全不曉得那種事。

「雖然是可麗餅餐車，不過價格以高中生而言有點貴。」

瀨川解說員如此說明。

「啊，你看這裡。最便宜的一個也要八百圓。」

小春點開社群上的可麗餅店的菜單頁面讓我看。

「好貴！」

「他買了兩個最貴的可麗餅呢！」

離這麼遠也知道他們買了什麼的小春解說過後，終於聽見了兩人的聲音。

「沙彩妹，我去買飲料，妳想喝什麼？」

「紅茶……啊，等我一下。我會出錢。」

城所學長阻止了想拿出錢包的高宇治同學。

「不用，沒關係的。我請客就好。妳別在意。那我去買紅茶。」

城所學長浮現爽朗的微笑，走向自動販賣機。

「…………他就是那麼做，和原本相處尷尬的女生變融洽的呀……」

跟女生拉近距離的方式很自然。

如果這種熟練的地方就是【策士】，那也確實如此吧？

調查女生會喜歡的店，或者知道有這種店，就自然地在回家路上規劃路線，他考慮了很多吧……

制服也在不違反校規的範圍內調整過穿法。

維持在爽朗的程度，不過度主張的飾品也非常時髦。

「我預測到了下星期，彼此的感情會變得更好。」

小春如此推測。

「好痛苦。」

「不對，在跟蹤時就要做好心理準備啦！」

這個辣妹只會說正確的道理嗎？

「由於剛交往，有時會抓不到彼此的距離。我想只是今天恰好是這樣。」

「妳還真清楚。」

「經常聽人說這種事情。」

「不過她和我聊天時，表情更豐富呀。」

「只不過是阿燈這麼想而已。有夠魯蛇的。」

「妳好煩。」

我原本只是想稍微吐槽才拍她肩膀，不過沒多注意就把手伸向小春。

……手背感受到預料外的柔軟觸感。

柔軟？這個觸感是第二次的——

「～～～！」

轉頭一看，我的手對小春的胸部做了失禮的行為。

「啊，糟糕。抱歉。剛剛不是故意的——」

「你好色你好色，蠢燈大色胚！就算我們是青梅竹馬，也不是任何行為都可以做的！太超過了！」

因為被摸所以生氣了？還是在害羞？我輕挑的道歉讓人火大？雖然不太明白，不過小春滿臉通紅，都快哭出來了。由於是第二次，她沒有陷入令人尷尬的沉默。

接著她轉過身，快步離去。

「喂，小春——」

「我回家了！」

小春朝我吐舌，大步踏上歸途。

待會兒好好道歉吧……

雖然小春外貌打扮整體而言很清涼，不過關於色情行為的態度就像這樣。要是說她經驗豐富，心情就會變得不好……

這個部分完全沒有成長。

我想這方面高宇治同學也一樣。

就算喜歡下流哏，也不表示就喜歡色情行為。

所以她的狀態欄【容易被說服】，以及剛交往的城所學長的負評都令人在意。

買好飲料的城所學長回來了。

雖然他們開始享用後，有聽見稱讚美味的聲音，不過現在也不說話了，兩人就像達成目標一般，沉默地吃著可麗餅。

從情侶、公園、可麗餅等關鍵字來看，令人意想不到的是兩人沒有交談。
至少高宇治同學看起來並不開心。
兩人吃完可麗餅後，從長椅上起身離開公園，在車站前分手。
城所學長知道高宇治同學是深夜廣播的聽眾嗎？
我恍惚地眺望高宇治同學的背影時，她轉頭了。
我們的視線不由得對上了。
糟糕。被發現我在跟蹤了——
「君島同學……？」
「那個——我剛好有事來這裡，偶然看見妳了。」
如果是以前的我，大概會不自然地逃跑吧？
不過從【膽小】好轉成【內向】，以及多虧【能言善道】的技能，我沒有逃跑，而是流暢地道出藉口搪塞。
「高宇治同學搭電車上學嗎？」
我刻意詢問早已知道的事情，轉移話題。
「是啊。」
「是嗎？最近的車站就在這裡，這個時段這一帶總是有很多我們學校的學生呢。」

「是啊，沒錯。」

她不是在教室裡聊天的高宇治同學，而是我之前知道的、一如往常的高宇治同學。

和五官相互襯托的站姿散發優雅氣質。

千變萬化的表情很可愛。不過平時的表情可用漂亮形容。

「要送妳到車站嗎……？」

昨天如果遇到這種狀況，我肯定不會說出這種話。

假如我不曉得她同樣是深夜廣播的聽眾、是「宇治茶」大師本人、喜歡下流哏、其實表情十分多變的話，昨天以前的我會直接離開吧。

「不用了。謝謝。」

冰冷的表情有些笑意。

「是、是啊……畢竟天還很亮。」

宮之台車站周邊區域以治安極佳聞名。我在電視上看過幾次，這裡有入選家庭想居住城鎮的排名前幾名。

我原本以為高宇治同學會跟我道別，走向車站，不過她絲毫沒有動作。

因為我認為她要回家了，沒有思索話題，亂了陣腳。

她看來沒有要聊天，也沒有回去。

「現在……那個，天還很亮。」

高宇治同學喃喃自語。

如果沒有專心聆聽，就會漏聽吧？

難道她——如果是那樣的話，我會非常開心，不過怎麼可能——

「如果你願、願意，要不要去哪裡逛逛？」

我不可能拒絕這種邀約。

「如果妳希望的話。時間沒問題嗎？」

「沒問題。」

這一帶明明是我的地盤，卻不曉得哪裡有時髦的咖啡廳。女高中生喜歡的店、店……我完全不明白。要搜尋網路嗎？不過我有點排斥在她面前這麼做。

——等一下。高宇治同學的狀態欄中有【喜歡垃圾食物】的項目。和我至今為止抱持的印象相反。乍看之下明明像個注重健康的人。

說到垃圾食物……

「要不要去車站前的漢堡店？」

「好啊！聽起來不錯。」

高宇治同學的雙眼一瞬間似乎發亮了。

「我們走吧。」

高宇治同學開始活力充沛地踏出腳步，我也走到她身旁。她果然喜歡那種食物。

話說回來，為什麼會變成這種情況呢？

我接受她的提議，自然地順勢來到這一步，不過她為什麼邀請我呢？

「妳剛剛一直和學長在一起，這樣好嗎？」

「你指什麼？」

高宇治同學的眼神很單純，微微偏頭表示不解。

「嗯，和男朋友約會過後，和其他男生相處之類的。」

「你別在意。沒有問題。」

沒有問題嗎？

表示她沒有把我當成異性看待吧？也完全不否定男朋友的說法。

……我早就知道了！

我們來到漢堡店，找到空位後面對面坐下。

好像約會。不過她絲毫沒有這種想法吧？

由於平時我都從側面看她，面對面坐下後，無法直視她的臉。

…………她太可愛了。

我們在櫃檯接過彼此買的餐點，回到座位上。

她快速吃著薯條，小口小口享用的模樣就像松鼠一樣可愛。她咀嚼嘴裡塞滿的薯條，看來十分幸福。我只是看著而已，就能感受到這一點。

她似乎察覺我的目光。

「雖然我喜歡這種食物，但平時不會來這種店。」

「妳不會來嗎？」

她搖了搖頭。她說比較常去咖啡廳，因此反而更難向朋友開口。

高宇治同學大口咬著起司漢堡。嘴巴旁沾上醬汁了。妳是頑皮的小孩嗎？真可愛。

「我有一次在回家途中，向朋友提議來這種店坐坐。接著她便笑我：『沙彩喜歡那種食物嗎？』……」

被笑了？沒什麼好奇怪的吧？便宜又好吃。雖然這是我的想法，不過那是女生的世界。或許會避開並非魅力四射的時尚事物吧？

「因為大家喜歡時髦又可愛的東西，我也得那麼表現。不然就交不到朋友了。」

高宇治同學這麼說，並露出困擾的笑容。

如果不和身邊的人一樣，就會打不進小圈圈——就像同儕壓力。

「其實我並不怎麼想吃昂貴的可麗餅。也不曾想光顧在社群上蔚為話題的甜點店。」

提到女高中生就會浮現的刻板印象，和高宇治同學本人不盡相同的意思嗎？

「加上妳是會在深夜聽廣播，寄郵件參加點子徵選的那種少見的女生。」

「沒錯。」

她的笑容變成了苦笑。

「謝謝你帶我來。我一個人難以踏進店裡。」

「不會，小事一樁。如果妳願意和我來這間店，我隨時都能陪妳喔。」

啊，我太激動，不小心多嘴了——

「真的嗎？真的可以嗎？」

快速把臉湊近的高宇治同學，就像孩童般雙眼發燦。

「嗯，對。臉太近了。」

那副美貌一湊過來，我便為之傾倒，不禁轉移目光。

「啊，對、對不起……因為我沒有遇過能聊這種事的人。」

回過神的高宇治同學，浮現靦腆的笑容。

「妳想吃的時候就呼叫我，我隨時都可以陪妳。」

高宇治同學輕輕笑了。

「那是什麼樣的呼叫？好怪。」

愈和她聊天，就愈覺得她和平時給人的印象截然不同。她的外表分明令人覺得喜歡成熟的事物，味覺或許意外地挺孩子氣的。

有什麼話題嗎……在學校被禁止了，不過學校以外的地方就可以聊吧？

「總是會準時收聽《曼深》嗎？」

還是只有這個話題。

「雖然有時會不小心睡著，我通常會聽到最後。」

「我也是。正好適合邊玩手機邊聽廣播。」

「我也是。經常躺在床上收聽。」

「我懂。所以如果一直講我沒興趣的事，就會不小心睡著。」

呵呵，高宇治同學遮住嘴角笑了。

「因此才躺在床上喔。」

「嗯，沒錯。隔天上學途中昏昏欲睡時，使用ＡＰＰ重新播放，再聽一次……」

「我們一樣呢。我是搭電車上學，因此會在車內聽，不過談話或點子單元被戳到笑穴時，要忍住不笑可是很辛苦的。」

「這就是搭電車上學的辛苦之處呢。」我接著說道。

難不成，高宇治同學其實也想聊這個話題嗎？

談論這個話題的高宇治同學，表情比起在車站前還要多變，多話到令人不覺得是同一個人。

由於有點餓，我加點了蘋果派，回到座位上。

「你買了什麼？」

「蘋果派。」

「派……！噗──」（註：日文的蘋果派（appurupai）和胸部（oppai）的尾音相同。）

「帶回家冷掉時，把這個蘋果派用微波爐『嘰』一下加熱──」

「～～！」

竭力忍笑的高宇治同學用手啪啪啪地拍著桌子。

我可沒說任何有趣的笑話喔？

好吧，嘰的那一段我是故意說的，果然這一類下流哏──其實也稱不上下流哏──是她的笑穴吧？

笑完的高宇治同學抬頭的同時，也立刻恢復沉著的表情。

就算恢復沉著的表情也已經慢一步了。

「妳喜歡那種小學生會喜歡的笑話嗎？」

「你在說什麼？」

在我眼前笑成那個樣子，卻還想裝傻啊。

她想隱瞞的話，我就不追究吧。

在那之後，我們也熱烈聊著廣播的話題。不知不覺間，已經過了快兩個小時，窗外也已經暗了下來。

「高宇治同學，差不多該走了。」

「咦……」

高宇治同學就像目送心愛的主人離開的狗狗，一臉沮喪。

「真是的，已經天黑了。」

「那倒也是……」

「抱歉拖到這麼晚，一不小心就聊得入迷了。」

「不會，沒關係。我也聊得很開心。」

我想截圖保存這個笑容。

想讓昨天以前的我看。

我們離開店裡，直到車站前的短短路途上，我們依然熱烈聊著同樣的話題。

「結果還是讓你送我了。」

在剪票口說聲：「明天見。」道別，我目送高宇治同學的背影離去。

我們無話不聊，非常開心。一方面也因為在現實生活中沒有能夠聊這種話題的人。同樣是御宅族的興趣，比起廣播，動畫、漫畫或遊戲等次文化的類型要主流多了。我向小春提到廣播，她也一副摸不著頭緒的樣子。

當我走向出口時。

「君島同學！」

高宇治同學的聲音在車站內響起。

我回過頭，高宇治同學神色慌張地朝著我啪噠啪噠地跑來。

咚，嗶咚！

「呀啊？」

高宇治同學被剪票口擋住了。

「怎麼了？」

我也急忙趕回剪票口。

她把東西忘在店裡了嗎？

「君島同學……你願意的話，我們加LINE的好友吧？」

「咦？」

想都沒想過的提議讓我驚訝無比。

「妳還聊不夠嗎？」

我只想得到這一點，不禁笑了出來。

「……是……不是的。因為我們都是班長，我想能夠聯絡比較方便。」

「啊，是那樣啊……」

公務聯絡嗎？好啦……

當我想和她交換帳號時，高宇治同學的手機微妙地在顫抖。

不對，不是手機，是手在抖？

「高宇治同學，妳的手是不是在顫抖？」

「誰、誰在顫抖？我可沒有緊張。」

妳在緊張啊。

她時常被人要帳號，相對的不常要別人的帳號吧？

「如果有事就聯絡。」

「就算沒事也沒關係，妳隨時都可以聯絡我。」

「唔……」

我說出內心想法後，高宇治同學語塞了。

接著她放棄似地搖頭。

「……不可以，會給你添麻煩。」

車站廣播通知高宇治同學要搭乘的電車預備進站了。她向我微微點頭後，便走向月台。

我以不輸給車站廣播的音量開口說道：

「不管再晚，我也會醒著！」

我隱約覺得，僅僅隱約覺得，她晚上，或許會在深夜聯絡我。

一起準時收聽節目，收聽時如果有人陪著聊天，一定會更開心——我曾經這麼想過。

停下腳步的高宇治同學轉頭望向我。

吃驚的表情慢慢轉變，瞇細了眼睛。

她開了口。太小聲了，我不曉得她在說什麼，不過她留下花朵盛開般的笑容後，便離開了。

和她講到話了，雖然只是握手但也碰到了手，也加了LINE好友。今天經歷了驚滔駭浪般的發展。

在學校的高宇治同學，正是「高宇治同學」本身。一如眾人刻板印象中的高宇治沙彩。

由於她和周圍的女生不一樣，說不出自己喜歡重口味的垃圾食物，當然不會公開表示喜歡聽廣播節目，也不會說喜歡下流哏。聽見下流哏而情不自禁笑出來後，也會立刻恢復沉著的表情——

討厭下流的話題，不苟言笑，會在咖啡廳邊聽古典樂邊喝下午茶等，想像中的高宇治同學其實並不存在。

對於身為「高宇治同學」的高宇治同學而言，任何人都能輕易光顧的速食店，似乎是非常高門檻的難關。

再帶她去根本小菜一碟。既然她會那麼開心，讓我每天都想陪伴她。

那是高宇治同學真實的一面，我認為比學校裡的高宇治同學還要迷人。

正因如此，從【策士】負評纏身的城所學長手中搶回高宇治同學的念頭更加強烈了。

現階段我能夠做的，就是和她討論興趣、帶她去速食店而已。

我既沒有像城所學長那樣改造制服的品味，也沒有錢。

「剛剛也沒錢請客呢……」

當時心想我來請客，勇敢地確認錢包，不過剩下的錢不足以支付兩人餐點。

「既沒有穿衣服的品味，也沒有錢……不過，唯有錢能夠想點辦法——」

來打工吧。

賺點錢，購買約會穿的衣服，騰出約會的經費吧。

雖然完全沒有約會的計畫。

離家不遠也不近，騎腳踏車約十分鐘的便利商店，通知打工應徵上了。

說到打工，不知為何給我在便利商店工作的印象，試著投履歷表後，出乎意料地反應不錯，立刻讓我過去工作。

放學後，我來到生平第一次打工的地方，職場就在便利商店。

經店長說明後，學會操作收銀機，試著調理熱食，要做的事情意外挺多的。

「待會兒會有個叫做西方的學生過來，有不懂的地方就問她。」

店長這麼說以後，便走進員工室了。

我聽見有人走進店裡的電子音效響起，往門邊一看，一個像是小學生的女生正在挑選飲料，拿到櫃檯。

「你是今天開始上班的新人嗎～？」

那孩子笑嘻嘻地詢問我。

「咦？對，我就是。」

今天開始上班？

「請多多指教嘍，新來的。」

「嗯嗯嗯？」

結完帳後，那名小學生走入員工室，換上和我同樣的制服後回到這裡。

衣服大概是最小的尺寸，不過衣服袖子和下襬都太長，就像小孩子穿大人的衣服一樣。

難道西方同學就是……？

「我的名字是君島燈。請多多指教。」

她不是小學生嗎？不對，小學生能夠在便利商店打工嗎……？

「我的名字是西方芙海。請多指教嘍。」

露出和煦微笑的西方同學，有禮貌地鞠躬。

「雖然打工很辛苦，我們一起加油吧！」

太好了。原本不知道對方是什麼樣的人，看來是個好人。雖然個子很嬌小。

她的語氣和藹可親，只看氛圍有一點姊姊的感覺，不過身高完全就是個小學生。

- 西方芙海
- 成長：下降

・特徵、專長
外表看似小孩
頭腦是賭徒
有精神暴力傾向
重視上下關係
打架身經百戰

資訊太多了！每一項都太獨特了！

就像戰後生存下來的賭徒一樣的狀態！

沒有理平頭、在身上纏布巾才奇怪吧？

外表明明就像個小學女生。

該說是女生，還是小女孩呢？

「怎麼了嗎？」

依然掛著微笑的西方同學，一臉不可思議地凝視愣住不動的我。

「報告！什麼事都沒有！」

「很好的回答。」

我回想起學到的事情，順利地執行收銀工作。

我斜眼瞄向一旁，西方同學擔憂地守護我工作的情況。

「你做得很好呢！新來的真優秀～」

「不會。沒那麼困難。」

我腦子忽然冒出疑問，不禁問道：

「西方同學學過空手道之類的武術嗎？或者拳擊之類的。」

如果學過，重視上下關係、有精神暴力、打架等狀態欄的項目就說得通了。

西方同學沉下臉搖頭。

「沒有～那種聽起來很可怕的活動，我都沒有學過。」

然而打架卻很強嗎？

那才是最可怕的啦！

「還有，請叫我芙海妹。」

「妳年資比我深，就叫芙海姊……」

「好——」

芙海姊心情好到就像四周飄著花朵一樣。

據她表示，我似乎是第一個後進。

「店長和客人都把我當作小孩子。只要有個新人，他們就不會這麼想了吧！」

芙海姊心情極佳地呵呵笑了。

「只要展現像個前輩的地方，偏見自然就會消失了。」

芙海姊「嘿！」地挺起胸膛。

…………該怎麼說呢，就像看著親戚的小孩子，讓人不禁冒出保護欲。

「新來的是高中生嗎～？」「哪間高中——？」「咦～宮之台高中的話，那我們讀同一間！」

興奮地說話的芙海姊似乎是同一間學校的學姊。

竟然說她高三？成長期忘在哪個地方了嗎？

「在宮高也是我學弟呢！」（註：日文中，職場的後進和學弟同樣為後輩（KOUHAI），西方一直用「後輩」稱呼，中文此處改稱學弟。）

雖然在學校沒有看過她，她大概也沒看過我。

芙海姊想拿架子上的業務用檔案夾，搬來腳凳站在上面。

「嗯嗯嗯嗯嗯～～～」

我只要伸手就能拿到，不過芙海姊就算用腳凳，似乎也搆不到。

「我來幫妳拿。」

「啊，沒關係的。我總是這麼做——嗯嗯嗯嗯。」

雖然嘴上這麼說，卻完全搆不到的樣子。

她弄到臉紅，緊緊閉著眼睛。

雖然手終於搆到架子了，不過卻拿到並非原本想拿的檔案夾。

「不好意思，容我失禮。」

我從背後抓住芙海姊的身體兩側，把她往上舉。

「呀啊！」

「拿得到嗎？」

「可、可以………」

我慢慢放下拿著大型業務用檔案夾的芙海姊。

「不可以逕自碰觸淑淑淑、淑女的身體啦！」

「不好意思，沒有把妳當作淑女。」

「你在為那一點道歉嗎！」

學姊比我預料得還要配合。哪裡重視上下關係了？

她的外表稚氣，教人難以把她當作淑女看待。外表大概只有小學三年級左右。

「聽好了，學弟。首先我希望你對擅自碰觸淑女身體道歉唷！」

芙海姊一邊伸出食指，一邊向我訴說不滿。

身高是個孩童，卻像大人那樣說教，還真可愛。

「那種時候，就要從我背後幫忙拿下來後，在我耳邊用磁性嗓音呢喃『妳想要這個嗎？』才對啦！」

「要求也塞滿太多個人嗜好了吧？」

「改天請試試看。從背後輕輕說話。你是學弟，要服從學姊的命令。」

重視上下關係的地方出現了！

「學弟有一副好嗓音，我會起雞皮疙瘩的。」

誰理妳啊。

「我換個話題，芙海姊擅長打架或暴力行為嗎？」

「咦咦～？我看起來像那樣嗎？完全不擅長喔？我害怕恐怖的事物。」

芙海姊閉上眼睛搖頭。

站在櫃檯，勉強露出一顆頭身高的芙海姊，踮著腳尖翻開檔案夾，頻頻查看資料。

「不過妳很強吧？」

「我還有得學呢～」

就像世上的修行者，謙虛的人是最強的。

「請告訴我能在緊急狀況時護身的一個建議。」

聽到我的問題，芙海姊沉吟。

「說到外行人能夠立刻做到的──」

她不否定了。

外行人……她已經用專業的角度在看我了。

「撲克臉。」

「撲克臉？」

「對。最令人討厭的，就是無論遭遇什麼事情，都面無表情的人。實在非常詭異，讓人噁心又討厭呢。因為不曉得下手有沒有效。」

看待角度是打人的一方！

害怕恐怖的事物只是在裝乖寶寶。

【打架身經百戰】的狀態可不是虛有其表。

「我去裡面找店長說話，拜託你一個人顧五分鐘。」

「我知道了。」

如果有事請告訴我。如此說道的芙海姊拿著檔案夾，走向員工室了。

當我幫零星上門的客人結帳時，有名步入老年的男人走了進來。他的衣服邋遢，戴了頂皺皺的帽子，一手拿著杯裝酒。

男人來到我面前，粗魯地把零錢扔在桌上。

「喂，給我菸。」

「什麼？」

「這些錢就夠了吧！快給我菸！」

突然就發生狀況了。當我懼怕時，腦海想起芙海姊剛才的建議。

面無表情、面無表情……

「不好意思，請問是哪一種菸？」

「老子在這裡都買同一種菸！還要我說明嗎？」

「我不曉得您是哪位，只說要買菸，我不清楚是哪一種。」

冷淡、嚴肅、壓抑情緒、面無表情……

男人用力咂嘴，「那個啦！」煩躁地指著。

我一準備好菸，他便伸手搶走打算就此離開店裡。

「請等一下。還差二十圓。」

他又咂了咂嘴，接著翻找口袋，把剩下的二十圓放在隔壁櫃檯，便離開店裡了。

呼啊啊啊～嚇死我了～

「說真的，態度好差……」

有椅子的話，我就會整個癱坐下來吧？

碰咚！員工室的門打開，店長擔憂地探出臉。

「君島沒事吧？」

「是的……還好。」

「太好了……原本心想狀況不太對勁就想出來的，不過西方說——」

嗯？芙海姊？

店長瞄向跟著他一起走出來的芙海姊。

「因為我堅信學弟能夠應付得宜。」

她「嘿欸」地挺起胸膛。

出現了、出現了。重視上下關係那種不好的感覺。

「意外地斯巴達耶……」

擅長打架的話，就幫我一把啊……

我身體發出淡淡光芒。是狀態欄更新時的現象。

店長和芙海姊雖然都看著我，不過什麼也沒說。

看來這種發光的現象，其他人是看不見的。

我趕緊把意識對準自己，視窗便跳了出來。

・君島燈

・成長：急遽成長

・特徵、專長

路人

膽量

避事主義

廣播宅

能言善道

撲克臉

有兩個地方變化了。

【內向】不見了，取而代之的是【膽量】。

其他還增加了【撲克臉】。

因為順利克服剛才的事件的緣故嗎？

也因為【急遽成長】，狀態欄經常更新。

「芙海姊，那個人是常客嗎？」

「我在這裡打工快一年了，還是第一次看見他。」

那個大叔在鬼扯……

我重重嘆了口氣。

過了一段忙碌的時間，下班時間到了，我第一天打工就此結束。

有個像大學生的人來交班後，我來到員工室脫下制服。

「工作辛苦了～」

用柔和的聲音打招呼的芙海姊想脫下制服，不過袖子和衣襬太長，脫得不順利。

我嘗試實踐她剛才交代的事情。

靠近她耳邊低喃。

「我來幫忙。」

「呀啊！」

芙海姊身體一顫。

我捉住制服的領口處往上一拉，她的臉便露出來了。

「竟然立刻予以實踐，你學得真快。」

芙海姊仰頭看我，露出惡作劇孩童般的眼神。

「因為妳要我做啊。」

如果是大學生年紀的姊姊對我這種態度，可令人招架不住，很不巧地她的外表是小學三年級，倒不至於如此。

「也對，得救了。」

呵呵，芙海姊露出笑容。

「妳平時都怎麼換衣服的？」

「竟然詢問淑女換衣服的細節，學弟還真早熟！」

我被一點也不覺得年長的人說了這種話。

不過，多虧了療癒（打架很強）系學姊，克服了打工第一天也是事實。

就算有討人厭的客人，也能轉換心情，她也不會囉囉嗦嗦的，也能夠聊學校的話題。

「辛苦了。」我向櫃檯的店員打招呼後，兩人一起離開店裡。

芙海姊的家似乎在附近，她走路回去。由於返家方向一樣，我推著腳踏車走在她身邊。

「芙海姊，三年級有個城所學長吧？」

「啊——你說城所呀。對，有這個人。」

「他是什麼樣的人呢？」

當我曉得她是學校的學姊後，就一直想詢問這件事。

「什麼樣的人……？我和他不熟，不太清楚……不過是個帥哥呢～我知道他很受歡迎。」

「也對。」

從氛圍來看似乎也沒有交集，初次聽見的情報沒有值得一提的。

芙海姊仰頭看向我。

「學弟，男生不是看臉，而是看膽量。」

膽量嗎？如果高宇治同學能夠因此喜歡上我的話，那麼該有多好呢？

「男生是靠膽量呢。」

「沒錯！就算奇怪的大叔上門，也能夠泰然自若地應對，不像第一天打工，這種感覺很棒喔。」

芙海姊似乎以她的風格在稱讚我。

「因為有芙海姊的『教導』，才會看起來像那樣，其實我內心七上八下的。」

哈哈，我苦笑道。

「內心無關緊要，重要的是不被對方察覺自己的動搖……看來學弟是擅長尊敬學姊、懂得當個像樣學弟的學弟吧？」

我只是實踐奇妙的論點，要用像樣學弟形容嗎？

「犬系學弟……」

「完全不是這樣喔？」

懂得當像樣學弟的男生不叫做犬系吧？

「我想說的是，男生要看這裡。」

芙海姊咚咚地拍了拍自己的胸口。

教誨不是指療癒系女生的所作所為吧？

「由於長相一看就明白，我也了解許多女生會喜歡帥哥。」

嗯嗯，芙海姊以老師一般嚴肅的表情點頭。

「然而，一個人的人格怎麼樣，看的是和人往來的形式，這是我的想法。」

「感謝指教。」

我半開玩笑地道謝。

「關於這一點，我認為學弟是『中意的男生』喔？」

芙海姊害臊地說道，還往我的側腹打了一拳。

「好痛！」

那不是嬉鬧般地輕輕敲打，確實會痛！

不要在奇妙的地方展現肉體派的一面啊……

「我說芙海姊，就算是學弟也不可以為所欲為喔？」

我開玩笑地一說，芙海姊便雙眼圓睜。

「咦？」

「……咦？」

芙海姊依然一臉錯愕。

「「……」」

「「咦？」」

這、這個人覺得可以對學弟為所欲為。

出現了，有精神暴力傾向的一面！

不要在奇妙的地方展現肉體派的一面啊（第二次）。

「總之，我不曉得你在在乎什麼，不過學弟的內在是個好男人，請拿出自信。」

「內在……」

雖然稱讚我是個像樣學弟或者內在——

「妳肯定沒有稱讚外表吧？」

「你的聲音很好聽。」

「說真的，妳絕對沒有在稱讚我。」

唉，我的長相也沒有好到會被稱讚。長相偏差值大概45左右。（註：偏差值是日本升學時分數排名的數值，50為平均值，45則低於平均。）

「區區學弟，卻對人的腋下出手，把人舉高……實在不知羞恥。」

哪裡啊？

「因為我是學姊，所以原諒你，不過那種行為已經跟那個……摸胸部一樣！」

所以說哪裡像了？

「竟然從背後問『這樣舒服嗎？』，用磁性的嗓音呢喃色色的事情……」

「我沒有說過那種話。」

沒有沒有沒有，我揮手強烈否定。

不要把妄想和現實混為一談。

芙海姊似乎擁有前輩和晚輩關係的偏見。

砰！芙海姊把我推開……好像是這樣。我會覺得「好像」，是因為等我回過神，就已經

遠離腳踏車，一屁股坐在地上了。

沒、沒有看清楚。

我完全不曉得她對我做了什麼。

「會對、對我這麼亂來的，學弟是第一個。」

太過開心就會施展暴力，看來是這樣？

……超給人添麻煩的！

我輕輕嘆了口氣，無奈地甩了甩頭。

「妳明明就像療癒系小動物那樣可愛，為什麼擁有這麼粗暴的技能啊？」

「請不要追、追求我——！」

「我的重點在後半段——」

芙海姊輕而易舉地舉起腳踏車。外表是小學三年級的身體，力氣卻這麼大嗎？我只在遊戲裡看過這種情景！

雖然我想她是因為臉紅了，想遮掩害羞——

「我說，那個，妳打算對我的腳踏車做什麼——！」

「我們是今天才相遇的學姊和學弟，不可以追求人家啦——！」

接著她直接把腳踏車扔向我。

「我沒有追求嗚哇啊啊啊！」

女生魅力和物理層面的力量是一樣的嗎？

我看著被扔過來的腳踏車，這麼想著。

看來我得從沒有追求她的地方開始說明才行……

◆高宇治沙彩

沙彩按下手機的鎖定鍵，畫面變暗了。

「……」

她又解除鎖定，啟動ＡＰＰ，顯示與阿燈依然沒有訊息來往的聊天畫面。

憑著一股衝動，和他互加好友了。

原本當天簡單地打個招呼就好了，不過立刻傳訊息，是否讓人感覺太興奮了？她心懷這樣的疑問，很快就過了幾天。

直到今天，都錯失了聯絡的時機。

今晚是《曼達洛的深夜論》的播放日。錯過今晚，又有一個星期無法聯絡了。

社群上有一大批廣播聽眾的同好，但她沒想到現實中，何況是坐在隔壁座位的男生也是

同好，在車站前的漢堡店和他情不自禁地聊了好長一段時間。

縱使回想當時的情況，記憶很模糊，老實說沒什麼印象。

只有聊廣播節目太開心這件事，殘留在記憶裡。

由於聊天太愉快了，她沒有留意阿燈的表情和反應。

隔天。

阿燈的模樣沒什麼不同，一如往常和學校第一有名的辣妹瀨川春在聊天。

難不成他被自己嚇到了——

當時她不符合自己作風、變得激動，令她為之反省。

他向自己約好，會再帶她去速食店。加上擁有同樣的興趣。她是第一次遇到這種人。

雖然聊得不夠盡興，不過是自己表示在學校禁止聊的，無法和他聊這個話題。

就算是為了避免露餡，其實還想跟他多聊一些。

沙彩躺在床上，把臉埋入枕頭內。

「為什麼我會……」

沙彩還在反省上星期和阿燈暢談廣播節目時的事情。

他不會覺得我很奇怪吧？

在那之後同為班長而交談過兩三次，不過阿燈的樣子很正常。

她覺得自己太開心而一頭熱，只要道個歉就好了，不過她連道歉也說不出口。
一想到對方是否非常錯愕，連傳個訊息都得要拿出莫大的勇氣。
「就算喜歡同樣的事物，深度或許也不同啊……！」
知識或理解力凌駕對方的話，對方也會沮喪吧？
畢竟他是會認出節目周邊商品的忠實聽眾，應該沒問題。
「不過，既然他知道平時的我，肯定會覺得奇怪……！從去年就是同一個班級，過去也沒有那樣講話過……！」
一談起感興趣的事物……興趣方面的話題，就會渾然忘我地滔滔不絕——沙彩的性情整個就是阿宅。
相對的，關於毫無興趣的事情就非常冷漠。
由於至今為止沒有遇過前者的狀況，因此後者已經作為高宇治沙彩的形象深植人心了。
沙彩本身也有所自覺。
「啊嗚嗚～」
沙彩把頭埋入枕頭裡呻吟，不斷揮舞細長的手腳。
『請努力寄電子郵件參加徵選。』
阿燈在教室裡說的話在腦海裡復甦。

「不用你說，我也會努力的。」雖然當時裝模作樣地回話，但內心十分開心。

只不過是想起了那件事，就忍不住笑了出來。

「呵呵！」

不過，埋在枕頭裡的臉立刻恢復原狀。

對了，參加廣播徵選的筆名露餡了。

雖然對方非常尊敬自己，不過沙彩寄送的內容幾乎都是下流哏。

「～～～！」

同班的男生聽見了……！

「……好想死。」

她快哭出來了。

已經寄送的電子郵件有好幾封。

她對阿燈說了天大的謊言，竟然謊稱被選上的機率有八成。實際上不過只有一成。

「也把帳號刪除，就別發文了吧……」

「宇治茶」名義的推特帳號，約有六千名跟隨者。她主動跟隨的只有節目官方帳號，是專門用在廣播的帳號。

若是把帳號刪除，至今為止一路做的事情就會消失無蹤，令人提不起勁。

「一談到廣播就突然變得饒舌的奇怪女生，大口咬著起司漢堡和薯條，而且還一直寄送下流哏參加廣播徵選……」

羅列這些客觀的資訊，看來是十分不妙的女生。

「啊嗚嗚～」

沙彩把頭埋入枕頭裡呻吟，不斷揮舞細長的手腳。

再加上高宇治沙彩可能被認為是色女。

「哏和當事人的個性不一樣啦！……不一樣喔？」

沙彩逕自回答內心想到的擔憂。

「哏是哏。性癖和嗜好是另一回事。」

如果對方無法區別的話，她想向阿燈這麼說明。

沒有結論的想法在腦中浮現然後消失，從想聯絡一下阿燈以後，很快過了一小時。雖然想解開可能把自己視為奇怪女生、色女之類的誤會，一想到對方或許很傻眼，就拿不出勇氣。

接著。

一直打開的聊天畫面上，阿燈傳了訊息過來。

「嗚哇啊！」

她被訊息通知聲嚇了一跳，不由得發出怪叫聲。

『今天晚上有廣播。』

接著也傳來節目的官方貼圖。

「啊！我也有那個貼圖！」

她快速說著，找尋同一個貼圖。

雖然早就買了，不過至今沒有使用的機會。

她緊張地傳了同樣的貼圖回去。

點了點頭。

……沒有已讀。

……人家明明在等。

高宇治同學也有那個貼圖啊！立刻這樣回覆不就好了。

接著就能順勢聊下去。

完全沒有已讀。

…………………

害怕他會如何反應。

好緊張。

「怎、怎麼辦！我只是和君島同學傳訊息，為什麼非得這麼緊張不可啊……！」

真是的，她重重嘆了口氣，就像在做深呼吸。

上週回家時，說出「再晚也會醒著」的阿燈表情浮現在腦中。

或許會給你添麻煩只是她隨口說說，為什麼對方曉得她會在深夜聯絡呢？

彼此都在準時收聽廣播，想互相傳訊息。

也想講電話。

好想談論感想。

「…………」

然而卻沒有已讀。她分明傳了官方的LINE貼圖。這種發展分明能夠讓人聊開。

接著，終於已讀了。

「……………咦、咦？」

這次沒有回訊息。

明明是喜歡的節目貼圖。

「為、為什麼？」

原本預計在談話過程糾正對方有可能產生的誤解，對話卻沒有進展。

原本預計說明自己不色，也不是奇怪的女生。尤其在色情方面。

不斷中斷、沒有進展的訊息來往，只是令人徒增緊張。

得說出口。得說出口。得說出口。得說出口。

只有這句話在腦中縈繞。

咚、咚、咚。

她輸入訊息後，就直接傳送了。

『我沒有做過色色的事情喔。』

這樣就好了。

呼——沙彩表情就像完成了重大的工作，用力點了點頭。

◆君島燈

『今天晚上有廣播。』

輸入之後刪除，又輸入同樣的句子，重複這個過程，已經煩惱了一小時。

我終於傳了訊息和貼圖給高宇治同學。

傳送的是《曼達洛的深夜論》的官方LINE貼圖。內行人才曉得的貼圖，我不認為明信片職人的高宇治同學會不曉得。

原本想傳的訊息其實更長，不過第一則訊息那麼長實在有點噁心，這種想法讓我刪減句子，結果變成那樣。

好不容易喜歡的人特地找我加入LINE的好友。

沒有不傳訊息的選擇。

不過，她曾說是用來做為班長的公務聯絡。

或許她會無視……這麼一來，明天在學校可尷尬了。

另外也有可能沒看見訊息——

這麼思考，很快就過了一星期。

我錯過了傳送訊息的時機。

「啊啊！還是不應該傳的！」

在深夜的房間揮動四肢掙扎時——

我傳送的訊息被已讀了。

她看……了…………！

她會回應嗎……？

手機螢幕瞬間出反射自己的眼神銳利，充滿血絲。

不過，沒有回應。

等待的時間漸漸令人害怕，我關掉ＡＰＰ。

接著響起了訊息通知聲。

我抓住放下的手機，訊息通知聲是高宇治同學的回應。

打開聊天畫面前，就有「傳送貼圖」的顯示。

「——！」

我做出勝利姿勢。

在房間裡獨自認真做了勝利姿勢的我，倒映在夜晚的玻璃窗上。

「……」

好丟臉。

不對，幹得好呢！因為我真的以為她不會回應。對。就算回應了，「這是聯絡班長公務用的喔？」也可能這樣潑冷水。不過她回了貼圖。這樣就能輕鬆地回訊息——至少表示沒有要聊嚴肅的話題也沒關係吧？

我在腦中玩起了個人訪問秀。

「高宇治同學也會用貼圖啊？」

令人意外。

我以為她沒有在用貼圖。

從聊廣播話題時的反應來看，或許她原本是更暢所欲言的人。

所謂「學校裡的高宇治」是高宇治同學在學校的形象。由於大家都認為那是她真實的一面，看起來難以親近，因此不會找她說話。同時她還搭載了迎擊系統，性格上也給人嚴肅的感覺。

察覺周圍的人敬而遠之，高宇治同學也保持距離以顧慮他人也說不定。

「呼——太好了。」

就算只是個貼圖，她也回了我訊息。

僅僅這樣就令人非常滿足了。

我完全沒有料到自己能夠這麼積極。

由於狀態欄追加了【膽量】項目的緣故嗎？

「好不容易喜歡的人特地找我加入LINE的好友。」

「可沒有不傳訊息的選項。」

甚至令我下意識這麼思考，從【膽小】到【內向】，接著是【膽量】，這是勇氣方面的狀態成長所帶來的影響吧？

假如我沒有任何改變，依然是【膽小】的話，難得加了好友，卻因為害怕而沒有任何行動的可能性很大。

「由於可以肉眼確認狀態欄，也能夠為自己帶來自信呢！」

可視化的影響也很巨大。

我嗯嗯地沉吟，分析勝利原因。

接著沉浸在成功的餘韻裡約十分鐘。

這麼一說，她傳了什麼貼圖呢？

我終於有點餘力能夠在意這種事情了。

我進入聊天畫面，裡面的貼圖和我傳送的貼圖一模一樣。

「高宇治同學也有！」

不愧是「宇治茶」大師。或許等級比忠實聽眾的我還高。

只不過，她只回了個貼圖，看來沒有要傳訊息。

對話就這樣結束了，是這種意思嗎？

或許是隨手回覆貼圖應付的感覺。

「那麼明天在學校再聊聊看吧。」

過了一陣子，她傳來原本以為不會有的訊息。

『我沒有做過色色的事情喔。』

突然說些什麼啊？

什麼樣的脈絡才會扯到這種話題？

她想表示和城所學長之間沒有進展嗎？

沒有做過色色的事……

我分明什麼都沒講，自己主動說出這種話反而很色吧？只有我會這麼想嗎？

為了把高宇治同學或許很色的妄想拋出腦海，我搖了搖頭。

「就算喜歡下流哏，並不表示本人很色……我是外行人嗎？」

我帶著自律的意思，假裝成專家。

雖然喜歡下流哏，不過「宇治茶」大師和高宇治同學是不同面向。

這麼一來，又是什麼意思呢？

就算我想詢問而輸入訊息，或許該說太直接了，就好像在傳沒有溫度的文字。

那就打電話……？

冷靜一點。

在電視的談話搞笑節目中，經常看見女藝人表示：「慾望強烈、沒有餘裕的男人不行。」

因為對方有反應，就搖尾巴打電話，除了糾纏不放以外成就不了其他大事。這樣不好。

「明天以自然的感覺問問看吧……？」

這麼做或許是最好的。

還有兩小時，就是廣播開始的時間。

這星期也要準時收聽，為了隨時能夠入睡，我開始做準備。

3 爭執

呼啊，我打了數不清是第幾次的呵欠。

「雖然每週都是這樣，阿燈看起來好想睡。」

上學途中，自豪的金髮今天也隨風飄逸的小春，看著我的臉如此說道。

「準時收聽才是全力以赴。」

「之後也聽得到吧？有必要醒著聽廣播嗎？」

「這位小姐完全不懂呢！」

現場播放的那種臨場感，推特或社群媒體上的反應，若非即時收聽是無法享受的。

「隔天用ＡＰＰ收聽，只不過在聽錄音檔。」

「聽錄音檔有什麼關係？」

「就因為喜歡，才要準時收聽啊！」

是這樣嗎？小春又一臉不可思議的表情。

一想到高宇治同學也準時收聽，僅僅這樣，清醒到深夜就有充分的價值了。

「啊，對了。我開始打工了。」

透過小春，向有時會為我準備晚餐的小春母親傳話吧。

「打工？為什麼？」

「因為想賺錢。」

「我想也是。我想問的是，為什麼想賺錢。」

「因為我的服裝很土。想買新衣服替換。」

「你終於有自覺了……」

「喂，不要以認真的語氣，迂迴地肯定我的衣服很土。」

說謊也沒關係，我可是等著妳安慰衣服不土的耶。

「因為你很多衣服都是好幾年前買的吧？你最後買衣服是什麼時候？」

「國中三年級的這個時候吧……」

咦……小春露出有如看著垃圾屋的批評眼神。

「那麼……要去買衣服嗎？反正阿燈一個人也不會挑吧？」

小春臉朝向前方，側眼瞄向我。

對於不信任服飾店店員的我而言，這個提議幫了大忙。她愛照顧人的一面出現了。

「我會被妳變成輕浮潮男——」

「才不會那樣。」

小春嘻笑般輕輕碰了我身體。

互相嬉鬧時，這種程度剛剛好。我可沒有召喚認真的攻擊。

「說真的，幫大忙了。」

「反正阿燈放學後有空，今天就去買吧？」

「什麼反正？」

我還有班長的雜務要辦。辦完後就沒事了。

「可是我沒錢啊？」

「知道只逛不買嗎？」

「這種小事當然知道。」

「如果不知道想買什麼衣服，就算有錢也不曉得買什麼唷？」

「……確實如此。」

「就是這樣。」

愈來愈多學生走在通學路上，從車站的方向，有幾十個人成排步行而來。

其中，我看見了高宇治同學。

她身邊沒有其他人，獨自平淡地步行。

「高宇治同學經常獨處呢。」

「小沙沒有朋友吧？」

「咦，真的嗎？」

在教室裡，我經常看見有人找她說話，一直以為她有很多朋友。

「好像很多人會向她借作業抄，或找她借上課筆記的。說得好聽一點，就是很受人倚靠。然後呀，如果有事就裝成好朋友。那種地方就是女生的陰暗面呢。」

小春明明全身上下淨是違反校規的打扮，說話卻是這麼一針見血，所以才傷腦筋。

高宇治同學受人拜託就不好拒絕，這也是因為容易被說服吧？

由於身邊都是這種裝作朋友的人，高宇治同學才無法表現自我吧？如果是真的朋友，想去速食店也不會被嘲笑才對。

「……阿燈，我們走後門吧。」

「為什麼？」

「被健美先生看見的話，他又要囉囉嗦嗦的。」

「那妳自己去……」

按照這個步調，進入校舍後正好能和高宇治同學會合。

「走吧！」

「啊。等等——」

小春拉著我的手，逐漸遠離原本通往正門的道路，走向後門。

「你想買新衣服，和小沙有關係嗎？」

「…………沒有，不是那樣。」

「肯定是那樣。」

小春先是露出困擾的笑，隨即換上開朗的笑容。

「嗯，我會找到最適合你的衣服，就交給我吧！」

我的青梅竹馬實在太可靠了。

昨晚的LINE，如果是小春或許就懂了。

「我說小春。昨晚，高宇治同學傳LINE說『我沒有做過色色的事情喔。』——」

「咦，什麼跟什麼？怎麼回事？」

也對，資訊量太多了。

「我們加了LINE好友，可以在討論班長公務時聯絡。」

「是、是喔。很好呀。」

「對。然後她傳了剛剛那則訊息過來，妳怎麼想？」

「這麼突然……？我和小沙也沒有很熟……唔唔……阿燈說了什麼奇怪的話吧？」

奇怪的話？我和她說今晚就是廣播的日子，有那麼奇怪嗎？
「雖然阿燈也一樣，不過就算我看來，小沙也有點溝通障礙。」
「高宇治同學有溝通障礙……？」
擁有超凡社交性的小春，裝備了我缺少的感測器嗎？
我沒有這麼想過。
「因為不太擅長對話的往來。」
我心裡有數。
在漢堡店聊天時，她也不在乎我的反應，不斷向我訴說不同的話題。不過我也做了同樣的事啦。
「基於苦苦思索後，在小沙腦中得到的正確結論就是那則訊息吧？雖然我不太清楚啦。」
該說高雅嗎，總是一臉冷淡的高宇治同學令人無法想像。
高宇治同學會苦苦思索嗎？
我們從連接走廊進入校舍，回到鞋櫃區，換上室內鞋後走向教室。
想避免和健美先生接觸的小春忙著搜尋敵人，步行在走廊上時也沒有怠慢警戒。
直到教室為止，好幾個男女生叫住小春。每個人看來都和她交情不錯。高宇治同學被人

叫住時，也不是那種感覺呢……

我走進教室後，高宇治同學已經來到教室了，她在書包和抽屜裡翻找東西。

雖然平時不會說，不過早上到學校時要道早安呢……

小學生都知道要這麼做。

說聲早安就好……

我們在LINE短暫交談過了，前陣子也聊得那麼開心。

「高、高宇治同學……早安。」

注意到我的高宇治同學，看來有點分身乏術，只是輕聲回了「早安」。

幸好沒有被她無視。

我放下心，吁了口氣，也在座位坐下。

就如同小春所說，如果我說了奇怪的話，或許忽視「我沒有做過色色的事情」的發言比較好。

維持字面上的意思，也是件美妙的事。

「妳在找什麼嗎？」

「……對，我在找東西。」

就像在回想什麼，高宇治同學的表情有點為難。

「昨天的廣播，我準時收聽了——」

我不禁打開開關般的同時，她前陣子交代的話在耳邊響起。

「啊，對不起。禁止談論這個話題吧？」

「啊——沒關係。」

「沒關係嗎？」

「……在學校，只有兩人相處的話。」

在學校，兩人相處的話……

這個字眼太青春了。殺傷力太高了。

「那、那就在兩人的時候聊。」

早上的這三分鐘就獲得了充分的戰果。

我可以回家了嗎？

當我想遮掩發熱的臉而趴在桌上時，隔著走道的隔壁座位繼續傳來翻找物品的聲響。

我瞄向高宇治同學，她傷腦筋地垂下眉毛。

傷腦筋的表情也是漂亮又可愛。

……我好噁。

以前的話，我只能痴痴眺望著她，不過現在不同了。既然向她打招呼會得到回應，就能

夠面對面和她交談。

「怎麼了？」

我再次詢問後，高宇治同學查看周圍情況，手放在嘴邊悄聲說道：

「我的點子筆記本不見了。」

「點子筆記本？」

「對……『宇治茶』的點子筆記本。」

還有那種東西喔？

「我有點想不起來是弄丟了，或者只是放在家裡而已。」

「本子裡面……」

「寫滿了君島同學所知道的十倍以上的點子。」

也就是下流哏。這下肯定了。

所以她才像哆啦A夢以「不是放在這裡、也不是放在那裡」的節奏在翻找書包。

正值青春年華的女高中生，如果被發現是寫了奇妙下流哏的筆記本主人，並非好事。

而且還是人人眼中的學校第一美少女高宇治同學。

假如點子筆記本被人找到，又發現持有者是誰，男生就會認為高宇治同學是個色女吧。

這麼一來，肯定會有更多男生聚集在她身邊。

「真是的……就算點子都是下流哏，也不表示喜歡色色的事情啊，那些外行人。」

我裝成行家的樣子，對不存在的豬哥喃喃說道。

只不過，一般人不會了解那種事情。

我也是因為曉得高宇治同學是會寄送下流哏的明信片職人「宇治茶」，才有這種想法的……

「就是這樣。」

似乎聽見了我的話，高宇治同學表示同意。

「我沒做過色色的事情。」

所以說，明明也沒有人問，妳卻說了那些話，會令人多想，反而覺得妳很色喔，高宇治同學。

……嗯？這個脈絡，就和昨天聊LINE時一樣。

由於會思考下流哏，所以很色吧？就好像我有這種想法，她才那樣說明的。

「高宇治同學，請不要把我和其他男生混為一談。」

我態度堅定地說道。

「咦？」

我的發言或許讓她出乎意料，眼睛圓睜。

「那是什麼意思……？」

她白皙而纖瘦的喉嚨稍微動了。

高宇治同學一臉緊張。

「那、那個，如果在說那種話題，希望你選擇場所——這裡是教室。」

「請不要小看忠實聽眾君島燈。我可不是會把色情和下流哏混為一談的外行人。」

終究只是「宇治茶」大師的作為，並非高宇治同學個人的嗜好。

「……啊，是那個意思。」

就像想隱藏通紅的臉頰，高宇治同學雙手按住臉頰。

「看來我太、太武斷了……」

比起這種事，現在平安找回高宇治同學的點子筆記本更重要。

「沒有放在家裡嗎？」

「我總是放在書包裡。」

不過，現在找不到了。

掉在某處、放在某個地方嗎？還是說只是沒有帶來學校？如果放在家裡還沒關係，掉在學校就糟了。

「妳不會記在手機裡嗎？」

「比起用手機，這種傳統的方法比較容易靈光一閃。」

看來她似乎嘗試過，不過寫在筆記本上更順利。

她似乎是上學後才注意到筆記本不見了。最後用的時間是在昨天上課時。

那就是放在學校了吧？

這個時候，教室後方傳來兩名男生嘻嘻笑的聲音。

「這裡寫著『把派疊到三層也很酥脆』。」（註：千層派的派和胸部發音同為PAI）

高宇治同學聞言猛然回頭。

「啊，你昨天找到的筆記？」

「這是什麼草稿啊？搞不懂意思，無聊得要命。」

高宇治同學稍稍嚥了口氣，纖細的手指緊揪住裙子。

「其他還寫了許多類似的句子。」

「讓我看看——」

注意到那兩個男生在嘻笑，周圍幾個人也聚集過去，開始看起筆記。

每個人都在嘻笑。

那種笑法不是因為點子而笑，而是在嘲笑書寫的人。

我站起身來，動作似乎出乎意料地大，發出「喀噠」的響亮聲音。

座位四周的人都一臉驚訝，不過那群人沒有注意到我。

我快步走向那裡，走入那群人中。

「那是我的筆記本，可以還給我嗎？」

雖然我努力裝出冷靜的語氣，內心卻十分煩躁。

「啊，哦……」

半數人一臉疑惑，半數人則是在忍笑。

「這是君島的嗎？」

「你在寫什麼啊？超無聊的耶！」

對方發出彷彿在語尾加了「w」般的嘲笑，闔上筆記交給了我。

如果是以前的我，遇到沒什麼交情的男生這麼說，就算內心不滿，也只會自嘲地笑了笑，然後逃跑離開吧。

可是現在不同了。

一想到高宇治同學手指揪緊裙子，我就無法什麼都不說，笑著離開。

「不要嘲笑別人的筆記本。」

我壓抑情感，發出冰冷的聲音。

「是誰寫的、寫什麼都無所謂吧？」

男生們一臉錯愕，看向彼此的臉。

「還有……一點都不無聊。」

我曉得班上所有人都在看我。

教室瀰漫著緊張的氣氛，直接回座位令人尷尬，所以我走出教室。

「啊，君島！接下來要點名了。」

我來到走廊上，級任老師從背後叫住我。

「不好意思，我去一下廁所。」

忍不住嗎？雖然他這麼問，我只是輕輕點頭致意，走在走廊上。

廁所是個好藉口。

我漫無目的的走著，看見中庭的長椅，就在那裡坐下。

「………回教室太尷尬了。」

不過我不後悔。在上課前就待在這裡吧。

當我這麼想時，小春來到我身邊。

「老師說要點名了。」

「你這個迴力鏢也太大了吧？反正我沒有想拿全勤獎，沒關係啦——」

小春一邊這麼說，一邊在我身旁坐下。

「怎麼突然生氣了？」

「我沒有生氣……」

就算她這麼想也無可奈何。

「這是朋友掉的筆記本，那些人看了筆記本後卻在嘲笑。」

「喔——」

小春嘛嘴附和。

「明明只是個蠢燈——」

小春就像撫摸大型犬一般，用力揉了揉我的頭。

「啊、喂、等等、別這樣。」

「我大概知道那不是你的物品喔。阿燈不會因為自己的事情生氣。」

一副很了解我的語氣……

唉，畢竟小春是最了解我的人，就算一副很了解我的口吻也沒關係。

「我待會兒跟那些人說一下。蠢燈已經反省了。」

「我沒有反省啊？」

「只是圖個方便。這種作法就是在社會上生存的彈性應對。只要不再尷尬的話，不就好了嗎？」

「很好。」
「那就交給我。」
明明和她沒關係，人也太好了吧？
「小春為什麼沒有男朋友啊？」
「啊？突然說什麼鬼話。你想死嗎？」
她瞇起眼睛，眼神銳利地瞪著我。
如果和小春不熟的話，就會覺得辣妹好可怕吧？不過我們從小就認識了，所以我沒有膽怯。
「因為，妳雖然打扮得很花俏豔麗，仔細一看還挺可愛的。」
「啊、啊～？突、突然說什麼啊……是、是說不仔細看也很可愛啦！」
她害羞了嗎？似乎想隱藏情緒，按著臉頰轉向前方。
「妳喜歡的人，應該會喜歡像小春這種類型吧？」
性格我能保證。她就是個好女孩。滿口大道理。
「身材也很好。」
「咦？什什什麼——？不過是個青梅竹馬，竟然追求人家。」
小春開心地推了我的肩膀。

「妳好煩。我也沒追求妳。」

「哎喲、哎喲哎喲哎喲……阿、阿燈把我當作女生看待了啊？你摸了人家胸部，也看了內褲耶。」

「那些全都是意外吧？」

雖然我確實故意出手，但那不是摸，而是撞到。也不是看了內褲，是撞見。

「我當然把妳當女生啊。雖然妳徹頭徹尾是個辣妹，不過五官端正、身材又好、會照顧人、又體貼，如果身邊有這種女生，那當然就……」

小春的臉愈來愈紅了。

我原本想說胸部也很大，制服的穿法也很清涼時，她「咚」地大力推了我的肩膀。

「你明明喜歡小沙。卻還想對人家出手，還早一億年啦！」

在我開口之前，小春就從長椅起身走向校舍。

「蠢燈腳踏兩條船！」

她向我吐了舌頭後離開。

腳踏兩條船……那是在說交往以後的階段吧？

我連一艘船都還沒有。

在我看不見小春時，手機收到了訊息。

是高宇治同學傳來的。

『「以為自己是最懂的粉絲是最遜的……」阿滿在上星期的節目講過，有印象嗎？』

我知道。我還記得聽見當時，心臟還撲通跳了一下。

當我思考如何回訊息時，又有訊息傳來了。

『請在放學後還給我。』

我立刻回覆：了解。

校舍開始吵鬧起來，我知道各班的朝會都結束了。

雖然依然有點尷尬，也不能繼續翹課。

縱使不安，我還是相信小春，就這麼回到教室。

坐在一旁的高宇治同學一如往常。

「……謝謝。」

可以聽見她低聲道謝。

「這只是自言自語……把點子寫出來，也不怎麼有趣喔？因為主持人擅長吐槽或把話題誇大，聽起來才有趣的……就算你沒有生氣，我也很清楚這一點……」

不過，有人親口說出很無聊的話，就算理解這個道理，肯定也會遭受打擊吧？

「總之謝謝你。」

那就像自言自語，我當作沒聽見吧。

我看向一旁，高宇治同學浮現淡淡的微笑。

朝會似乎傳達了要換教室，大家為了趕上第一節課，紛紛走出教室。

這個時候，剛剛的男生們輕輕叫住我。

「我沒想到你會那麼生氣。抱歉。」

「我沒有嘲笑的意思。」

幾個人都這麼說，我也道歉了。

「我的態度也不好，抱歉讓大家尷尬了。」

我們向彼此露出苦笑後，那群人離開了，小春奸笑著走近我。

「變得懂得道歉，阿燈也長大了呢——」

我開玩笑地一拳打向她纖細的肩膀。

「妳好煩。」

小春大概幫忙圓場了吧？

「……謝謝。」

「呵呵呵。不用客氣——」

小春如此回應。接著在聽到交情好的女生呼喚之後，她便走了過去。

放學後。從中午開始下的雨沒有停歇，拍打在教室窗戶上，往下滴落。天氣預報表示比起實際溫度，體感溫度會比較冷。

現在教室裡只有我和高宇治同學。高宇治同學在寫學級日誌，我在檢查門窗的鎖。

小春在最後一節課結束時，和一大群朋友結伴回去了。小春的朋友很多，今天這種情況早就習以為常。

買東西變成改天再約。

「今天城所學長不來嗎？」

「今天有班長的工作，所以我們各自回家。」

也就是說，今天她落單。

是嗎？我這麼說了一聲，從櫃子拿出體育課穿的外套。

「會不會冷？妳拿去蓋在膝蓋上──啊，這件外套洗過以後還沒有穿。」

「謝謝。」

高宇治同學一臉驚訝，不過還是接過我的外套。

「你還真了解。」

狀態欄上有【怕冷】的項目，我推測穿裙子的女生更容易受寒。

「天氣預報說會有點涼。」

是嗎？高宇治同學同意了。

「那我就接受你的好意。」

她邊說邊把我的外套蓋在大腿上。雖然曉得不會因為蓋上一件外套就變暖和，不過總比沒有好。高宇治同學的大腿蓋著我的外套，令人感覺不可思議。

由於不見得不會有人過來，趁現在把筆記本還給她吧。

「我沒有看內容。」

我從抽屜裡拿出一本筆記本交給她。筆記本皺皺的，看得出來經常使用。

原本日誌總是在放學以前寫完，由於她決定今天留下來吧，現在正在寫日誌。

「當時你大可放著不管的。」

所謂當時，大概指筆記本被笑的時候吧？

「這種老舊的筆記本，不會有好事者想用的。反正會被扔在某處，我原本心想那種時候再偷偷拿回來就好。」

也不是沒有那種做法。

嘲笑持有者不明的男生們很快就會膩，把筆記本放在某個地方吧？只要確認暴風雨過

後，再去撿回重要的東西即可。

不過，既然讓我看見她那悔恨又悲傷的表情，我就無法等到暴風雨過去。

「那是『宇治茶』大師的點子筆記本吧？我身為一介聽眾，被嘲笑也很不甘心。我無法視而不見。」

這也是原因之一。

不過最主要的原因，就是喜歡的人重視的物品和思考的點子被嘲笑了。

「在節目中聽見的話，那些人也會笑出來吧？」

「不對。不是那樣……明明不需要連君島同學也背負惡名……那個。」

我一看，她書寫學級日誌的筆停止動作，像在思考該怎麼說，筆尖在半空中移動。

「我當然很謝謝你……不過繼續給你添麻煩，實在不好意思。」

「那種事情不用在意喔。我們都愛聽廣播吧。」

高宇治同學的視線投向了我。

「……意思是，我們是朋友？」

「咦？嗯。至少我不會只在有困難時依賴高宇治同學，或者嘲笑妳的口味喔。」

我不曉得高宇治同學對那些人有什麼想法。不過我所知道的朋友不是那樣的。高宇治同學緊咬著嘴唇。

「就算高宇治同學的態度沒有不同，我也不會覺得奇怪。」

由於沒有反應，我側眼觀察她的情況，只見她的眉毛呈現八字形，緊緊皺在一起。

「啊，還有。很少遇見能聊得那麼久的人，用朋友形容是最恰當的吧？」

嗯嗯，高宇治同學頻頻點頭。

「我和君島同學是朋友呢！」

就像這樣，平時不要一臉冷漠，持續露出自然的表情的話，她會交到更多朋友吧？

雖然那樣有點令人婉惜，不過或許是高宇治同學對我的防備逐漸變低的證據。

即使沒有能像小春傳授那般對話，不過我也成長了不少。

高宇治同學一邊挑選言詞一邊開口：

「君島同學很受歡迎吧？」

「咦……哪裡受歡迎了？」

「因為你很體貼。」

淺笑的高宇治同學偷看我這裡。

如果只要體貼就會受歡迎的話，那就不會辛苦了（遠望）。

不過能讓她有那種想法，表示對我的看法還不錯……吧？

「怎麼樣呢……」

由於完全不受歡迎，我只能苦笑。

「不但自然地借我外套，還配合我的任性。」

「任性是說是漢堡店嗎？」

「對。」

「在那之後還沒有去過吧？而且原本就是我邀請妳的，我不認為是任性喔！」

「還、還有其他事呀。我很晚傳訊息，你也回應了。」

「當時我也已經準備休息了，而且也不是在深夜那種時段。」

「那就好。」

「那個時段還不睏，高宇治同學也一樣吧？」

「是啊，我也是。」

在放學後的教室裡兩人相處。我和高宇治同學隨興聊天，令人覺得不可思議。

「因為沒有人可以聊其他事，不小心就太多話了。」

我道出了不曉得是第幾次的藉口。

「我也是這樣，不用在意喔。」

「太令人意外了。節目中也常提到，大概只有男生會收聽。美少女高中生竟然是那個節目的聽眾。」

「不是美……美少女喔。」

高宇治同學低聲地否定。

她的臉頰有點紅，應該是我的錯覺的吧。

「瀨川同學比我漂亮多了。」

「高宇治同學也覺得小春長得很漂亮嗎？」

我的腦中浮現了雙手比「ＹＡ」的辣妹小春模樣。聽見這句話，她會很開心的吧？

「我認為高宇治同學美少女的等級遠勝其他人。」

「才、才沒有！」

高宇治同學連忙搖頭，甚至快要發出「咻咻」的聲音了。

如果不是謙虛，而是真的沒有自覺的話，那也挺危險的……現狀就是像城所學長那種奇怪的男生接近她了。

「本田說過『好女人在這個時間都睡著了。聽眾只有陰沉的人或是沒性經驗的人』。所以我是沒用的女生。」

我也記得裝傻的本田說的這句玩笑話。

高宇治同學自虐地說完後，輕輕笑了。

「在那之後，阿滿說『各種層面的意義上都是獨特的粉絲呢』，那種說法很有趣呢。」

「沒錯！」

高宇治同學似乎也這麼認為，大力認同我。

雖然上次也是這樣，今天也一直是這種感覺。

說到「A」立刻接「UN」，說了「TSU」就接到「KA」的狀態。（註：日文阿吽（AUN）的呼吸有默契十足的意思。）

話題終於告一個段落時，高宇治同學再次問我。

「你和瀨川同學沒有在交往嗎？」

「我和小春？沒有。雖然經常被搞錯，不過我們從小學就一直那樣相處。」

「是嗎？」

以高宇治同學而言難得深入地追問。

倏地，我看見窗外有女生朝我揮手。

我的粉絲……不對，沒有那種人。

「那、那是小小學姊。」

察覺對方的高宇治同學說了。

「小小學姊？」

我想到一個人。

「廣播社的西方學姊……你們認識嗎？」
正是我想的那個人。她真的就讀這間學校。
原來她是廣播社啊？所以才有聲音的癖好也說不定。
雖然我完全沒有聽過廣播社的活動，不過經她這麼一說，去年社團介紹時好像也聽過這個社團。
芙海姊又朝我揮手，我也輕輕向她揮手。
「你們認識嗎？」
「芙海姊是我打工地方的前輩。我前陣子開始打工，在那裡認識她。」
芙海姊打開了窗戶。
「學弟——」
她似乎沒有要事。芙海姊在原地蹦蹦跳跳，就像小朋友一樣可愛。
「我在——」
我也隨興回話。
「你們感情很好呢。還叫她芙海姊，直接稱呼名字。」
我看向座位，高宇治同學別過了臉。
「該說感情好嗎？她把我視為像樣的學弟了。」

這樣算感情好的話，那麼確實如此。

高宇治同學砰地闔上學級日誌。

「其實學長說會等我，不過我要他先回去。」

「啊，因為妳要拿筆記本吧？」

也就是說，高宇治同學沒有向學長提過自己的興趣。

「……不是的。」

看來不是。

「不是的。」

不需要否定兩次啊。

高宇治同學不滿地噘嘴。她在鬧彆扭？沒見過的表情加上和平時的反差，讓她看起來更加可愛。

高宇治同學拿起書包，從座位起身。

「那就拜託你鎖門窗了。」

「啊，好。」

她的側臉一副無趣的樣子，就此離開教室。

我踩到地雷了嗎……？

雖然我沒有搞砸的自覺，不過或許搞砸了什麼。我心想總之先道歉，不過根據和小春相處的經驗，只是口頭道歉或搞錯道歉重點，反而有讓人心情更不好的可能。

既然不清楚，不要深入比較好。

我認為不開心的表情也很可愛。不過，更重要的是我擔心是否做錯事，也想知道她為什麼心情不好。

「高宇治同學！」

我追上走向校舍玄關的背影。校舍內隱約可以聽見放學後管樂社的演奏。

雖然高宇治同學應該聽見了我的聲音，不過她沒有停下腳步。

「等一下。我做了什麼嗎？」

我追到鞋櫃區，直接問出心裡話。

「什麼也沒做喔。」

「那麼為什麼——」

當我想繼續往下說時，後面有人撞了我。那個人走到眼前高宇治同學的身邊。

這個髮型、制服的穿法、背影——

「沙彩妹，妳好慢。事情辦完了吧？」

城所學長帶有敵意地看了我一眼後，輕鬆地搭話了。

「對……我說過你可以先回家啊？」

「沒關係，畢竟我們在交往。我前陣子說過吧？三年級男生有些人在流行玩撲克牌——我們邊走邊聊吧。」

高宇治同學說了「是啊」。她只對我點了點頭，然後離開校舍。

……他是故意撞到我的吧？

這裡只有我和高宇治同學，空間很寬敞。

「最近纏上沙彩妹的人就是你吧？」

一臉凶惡的城所學長推了我的肩膀。

前陣子的話，我會無法忍受這種沉重的空氣，「我才沒做這種事～」嘻笑地蒙混過去加以逃避吧？

原來如此，狀態欄中的【避事主義】也說得通了。

他對我展現顯而易見的惡意，而且還是惡名昭彰的城所學長，那麼我也有話想說。

「纏上？和興趣相同的朋友聊天，有那麼奇怪嗎？」

「她是我的女朋友。不要對她糾纏不休。」

「會對女朋友的交友關係多嘴的男朋友，我覺得不太好。」

「你——！」

就算他皺起眉頭，看在男生的我眼中，也覺得他很帥氣。
從一旁來看，他和高宇治同學真的很登對。
如果他誠實且沒有奇怪的傳聞，我就算痛苦也會面對失戀，選擇放棄高宇治同學也說不定。我應該完全不會想要把人搶過來吧？
他抓住我的衣襟，多虧了【膽量】，我完全不慌張也不害怕，能夠十分冷靜。
「閒雜人等不要纏著她。」
粗暴的聲音在校舍玄關清晰地迴響。
「你、你在做什麼？」
城所學長沒有出來似乎讓高宇治同學覺得奇怪，她折返了。
「因為他纏著沙彩妹，我說教了一下。」
此時隔著他的肩膀，我看見芙海姊從特別教室大樓的方向朝著這裡走來。
「啊——城所同學，你找我的學弟有什麼事嗎？」
雖然她嘻嘻笑著，卻令人感到莫名的殺氣。
「嘖，西方同學？」
城所學長咂嘴的同時把我推開，就此放手。
「我沒做什麼，只是找他說話而已。」

「是嗎～？」

就像想從狐疑地瞇起眼睛的芙海姊身邊逃開，城所學長從自己的鞋櫃拿出運動鞋，拉住高宇治同學的手離開學校了。

「太喜歡女朋友也令人傷腦筋呢。」

芙海姊用悠哉的語氣說道。

「謝謝妳。我也是進退兩難……」

「畢竟學弟也是男生嘛！」

呵呵，芙海姊露出療癒的笑容。

城所學長一看見芙海姊就喪失戰意了，她到底過著何種校園生活啊？

這樣的芙海姊，外表怎麼看都是小學生在家穿制服做角色扮演。

「我的制服怎麼樣呢？」

她把長袖子折起，整體而言看起來很寬鬆，以時尚來說也挺可愛的。

芙海姊當場轉了一圈。

「符合喜好的人就會喜歡吧？」

癖好方面的意義。

「也符合學弟的喜好嗎？」

由於我不曉得否定的話，她會對我做什麼，那就迂迴地傳達並非我的喜好吧。

「那個……就像洋娃娃一樣可愛，我覺得很棒。」

「你真老實！」

嗚噗！下腹部被打了一拳。結果還是這樣嗎？這個人以為她這麼做我就會開心嗎？

多虧做了心理準備，幸好不會很痛。

「在學校也要這麼對我嗎……」

芙海姊害臊地晃動肩膀。

「真是的。我只會對學弟做這種事喔？」

我才不開心！

◆高宇治沙彩

城所一如往常把沙彩送到車站。

被討厭了。他肯定討厭自己了。

她只不過是和朋友阿燈開心地聊天，卻被城所盯上、警告了。離開教室時自己的態度也不好。

這位朋友明明對自己很友善。

沙彩無所適從地嘆了口氣。

「……你可以先回去啊？」

她看著腳尖，再次提了已經說過的話。不知不覺間雨停了，帶來的傘失去用處。

「就算妳說有班長的工作，我想也花不到三十分鐘。」

一想到這是他展現的體貼，沙彩就有一點五味雜陳。

「還是說，妳有什麼原因希望我先回家？」

「那是……」

沒有——無法堅定地回答。

在兩人相處的教室內，為什麼會擺出那種態度呢？光是回想就不禁後悔。

阿燈有阿燈的交友關係，其中也有比自己更親近、交流更久的人。

這是當然的。

「剛剛那個人肯定是為了接近沙彩妹才擔任班長的吧？」

城所嗤之以鼻。

「他用盡各種法子也想接近妳呢。就是有這種卑鄙小人。」

沙彩也很困擾吧？就在城所想引導對方同意時——

「不是的！」

沙彩出乎意料地強烈否定了。

「和我無關，君島同學在沒有人想當班長的情況下自薦，女生班長也不是指名我，而選了其他女生。」

不禁令人認為，城所口中的卑鄙小人是自己吧。

「學長說了那種話，明天我該拿什麼臉見他……」

「沙彩妹不用在意那種事吧？」

不是那樣。

想做些什麼感謝他幫忙拿回點子筆記本。在思考時便來到放學時間，她一直在找時機道謝，卻又沉迷於聊廣播的話題。

不只有自己和阿燈交情不錯，明明許多人都和阿燈關係很好，卻連這種事情也忘了，一看見他有親暱的朋友，就像小孩子一樣吃醋——

「～～！」

太丟臉了。

不像自己的言行舉止，自己到底在做什麼呢？她又嘆了口氣。

被討厭了。他一定討厭自己了。男朋友還跟他找碴。

好不容易交到朋友了。

「我知道沙彩妹對他沒有反感了。看來我的反應有點太大了。我想道歉。」

城所的聲調絲毫沒有變化，流暢地闡述反省的句子。

沙彩早就隱約明白了這個學長受歡迎的理由。

他能夠隨口道出違心之論吧？假如在耳邊呢喃著並非真心的甜言蜜語，許多女生會更加為他著迷吧？

「君島同學……是我的朋友。」

從他本人口中再次聽見，令她很開心。

「是嗎？那就好。剛剛那件事是我太片面，所以失控了，希望妳能幫忙向君島道歉。」

對方願意給自己道歉的機會嗎？雖然心生不安，沙彩仍點頭了。

「好。今天到這裡就好。」

來到能夠看見車站的地方，沙彩開口道別。

「沒關係。反正很近，我送妳。」

城所想自然地牽住她的手行走，沙彩把手抽開了。

似乎出乎他的意料，城所不斷眨眼。

「……今天送到這裡就好。」

此時她再次開口道別，城所把失去目標的手放入口袋後苦笑。

「沙彩妹很正經呢。」

「對不起。」

「不會，沒關係。妳今天沒有那種心情吧？哈哈……」

拜拜——如此說道的城所走向別的方向。

由於和他成為那種公開的關係，也有因此得救之處。

許多聚集到身邊的男生不再纏著自己，也沒有被喜歡那個男生的女生當成敵人，煩心事也減少了。

雖然感謝他，不過今天目擊他和阿燈的衝突，覺得他自作主張，給人非常不好的印象。

到底有何必要用那種找碴的態度做出那種事？

「君島同學討厭了我吧……好不容易成為朋友……」

到車站的短短路程，沙彩垂下肩膀走著。

途中經過的卡拉ＯＫ店，有個華麗的辣妹獨自走出來。

「瀨川同學。」

喃喃自語後，小春似乎聽見了，抬起頭來說道：

「啊——這不是小沙嗎？現在要回家？」

「是啊。」

和自己相比，小春和任何人都很友好。

恐怕就算是第一次聊天的對象，也不會膽怯，可以態度大方地搭話。對話也不會停滯，完全不會有尷尬的時候。

點頭打個招呼後就想離開時，被她叫住了。

「小沙看起來沒有精神。妳沒事吧？臉色不太好。」

雖然外表有點可怕，但人很友善。端整卻惹人憐愛的五官擔心地望向沙彩。

「……請問妳現在有空嗎？」

「咦——這是第一次小沙約我！超開心的～」

「咦？啊，不對，不是那麼正式的……」

「發生什麼事了？」

城所出言挑釁的事情有點沉重，找其他的話題吧。

「君島同學經常稱讚女生嗎？」

「阿燈嗎？他也曾經面對面稱讚我可愛——」

有如灰色氣體的某種情緒從胸口冒出。

「是嗎？君島同學說了兩次我是美少女。」

「兩次」似乎讓小春感到錯愕，瞇細了眼睛。

「……我想他不是對任何人都那樣說的。我覺得阿燈是個窩囊廢。不過最近有點搞不太懂，該說他有行動力嗎，變得會說出心底話了。」

小春一邊回想，一邊感到不可思議地說道。沙彩也有同感。從去年就同班，不過他不是那種會自薦當班長的人，也不覺得他有正面承擔挑釁的氣魄。

「啊，對了。感覺就像變成男子漢了。」

就像想到適當的形容，聽到小春這麼說，沙彩也覺得說得通。雖然不曉得最近發生什麼事，或許是這樣沒錯。

「妳和君島同學是青梅竹馬吧？」

「是啊。沒有其他事情時，我們就會一起上學或回家，有時他也會來我家吃晚餐。」

又有不知名的情緒在胸口蔓延。

「是喔？…………妳喜歡他嗎？」

「啊？沒、沒有啦，小沙又不是小學生……」

就像在表示「就是這樣才令人傷腦筋」，小春有點臉紅地繼續說道：

「和他在一起和喜歡不一樣。是、是說，我才不會考慮阿燈這種長相普通的男生——！不會不會，完全沒辦法。萬一、萬一被告白也會立刻拒絕的！」

聽見小春急急忙忙說個不停，沙彩心中奇妙的氣體這才消逝。

「君島同學也說你們只是青梅竹馬，果然是這樣呢。」

「啊，是嗎……還真直接…………我好像知道小沙沒有朋友的原因了。」

「咦？」

「沒什麼。」

由於正好找到合適的人商量，沙彩便開口了。

「我想向君島同學道謝，不過在煩惱該做什麼才好。」

「向阿燈道謝？唔──你們已經加了LINE好友了吧？那麼就傳訊息或打電話，我想他會非常開心的喔？」

「這樣就好？」

「對。這樣就好。阿燈很好哄的。還有再和他聊廣播節目的話，那就一百分了。」

雖然不曉得為什麼打電話或訊息可以當作道謝，不過這種事今晚也能馬上行動。

「瀨川同學，謝謝妳。」

「不客氣。」

腳步變輕盈的沙彩往車站走去。

「……」

看著她背影的小春微微嘆了口氣。

「阿燈，太好了。」

和話語不同，總覺得心裡愈來愈煩悶。

由於覺得麻煩才先離開卡拉ＯＫ的聚會，不過小春轉身又回到店裡，繼續唱歌了。

◆君島燈

城所學長向我找碴以後，由於有排班，便來到便利商店開始打工。

被討厭了。

高宇治同學大概討厭我了。

就算燃起對抗心態，竟然不小心正面和城所學長對峙。

對方可是學校第一受歡迎的男生，還是她的男朋友。

另一邊則是偶然一起當班長，顏面偏差值在平均以下的廣播宅……

先不論傳聞，如果對方尚未出手的話，看在高宇治同學的眼中，城所學長就是個帥氣又

普通的男朋友。

校舍玄關那時，或許是我失控了……

把我的想法正面朝他說出口了。

啊啊……我怎麼會那樣說話？

「芙海姊，那個人是那種會動粗的人嗎？」

在沒有客人的便利商店裡，我一邊陳列商品，一邊問芙海姊。

「城所同學嗎？我完全沒聽過他會打架的傳聞。親眼看到學弟和他起衝突時也嚇了一跳呢。畢竟他給人溫和的印象，打架技巧也不怎麼樣吧？」

芙海姊擁有獨自的測量器嗎？她說城所學長並不強。

為什麼會變成那樣呢？由於我們去打工順路，我便向目擊的芙海姊說明了緣由。

「雖然可以理解，男生會對跟自己女朋友交情好的男生看不順眼。」

可是那個人雖然出手找碴了，還沒有達到那種境界。

正因為不希望女朋友被搶走，反應才那麼大吧？

「如果他下次再出言挑釁，你一拳打過去就好。」

碰碰！芙海姊一拳打向手掌。

容貌和言行舉止差異如此大的人還真少見。

「我不想把事情鬧大，不會那麼做喔。」

「就我看來，學弟應該比較強。」

「一般女高中生不會用『強度』比較男生喔。」

我不由得吐槽。

帥氣、體貼、爽朗之類的，女高中生都是看這種地方吧？不要展現有如國中一年級男生的價值觀啦。

我把飯糰和三明治陳列到架上時，聽見了「咕嗚、咕嗚」小狗鳴叫般的聲音。

「肚子餓了……」

芙海姊沮喪地按著肚子。犯人是妳嗎？

由於店長交代可以利用閒暇時間休息五分鐘左右，我帶了能夠填飽肚子的點心。

「芙海姊，我的包包裡有分裝好的甜甜圈。」

「甜甜圈！」

閃閃發亮！眼睛顯得燦爛無比。

「有五個左右，願意的話就吃幾個吧。」

芙海姊挺照顧我的，分她幾個完全沒問題。

「學弟就是這樣提升女生的好感度吧？」

「沒這回事啦。」

餵食會提升好感度的，只有動物而已吧？

「那麼我休息一下。」

芙海姊留下這句話便走進員工室。

暫時似乎不會有客人來——當我這麼想時，有個人上門了。是我們班上的女生。

她把頭髮綁成馬尾，揹著上學的包包和收納在黑色外袋裡的網球拍。看來是社團活動結束了是嗎？已經到了這個時間，也難怪芙海姊會肚子餓。

我和她的視線對上了。感覺她「啊！」驚訝了一下。由於我是班長，班上的男生大概都記住我了。

我們交情也沒有好到會聊天，因此沒有向她搭話。或許她下次會不好來這間便利商店。

那個女生只買了飲料，結帳完畢便在店外喝起買的飲料。

我打算處理還沒完成的商品陳列工作時，看見待在外面的女生，被看似素行不良的二十歲左右的男生搭話。

男人穿著花襯衫，帶著淺色的太陽眼鏡。

雖然沒有聽見他們說話，不過氣氛看來不像是朋友。

女生的側臉因恐懼而抽動……看起來是這樣。

我也得去店外打掃，去看看情況吧！

「我也在打網球喔～讓我看一下球拍吧！」

「不了，那樣有點……」

我一邊掃地，一邊豎耳傾聽對話。原本以為在聊網球，不過對方開始邀人去玩了。

「我有門禁……」

「絕對很好玩的啦，好嗎？」

「可是………」

她顯得很排斥，也不是認識的人。芙海姊還在員工室嗎？那個小個子學妹在關鍵時刻卻不在場。

「打擾一下。」

我出聲叫了男人。

「幹麼，有什麼事？」

「您在店門口做那種事，我會很傷腦筋的。」

「啊啊？和你沒關係吧？」

「有關係。我是這裡的店員。」

「嘖——臭小鬼！我打你喔，混帳！」

聽見他大吼大叫，被嚇到的女生縮起肩膀。
就算他那樣怒吼，擁有【膽量】的我也不怕。
我看向男人的狀態欄。

·渡利健介
·成長：停滯
·特徵、專長
威嚇上級者
狐假虎威
空手道白帶
很聽奶奶的話

和他外表不同，狀態欄並不強，完全沒什麼大不了的。
白帶？剛開始學空手道，馬上就能拿到了。

是說他很聽奶奶的話喔？令人莞爾一笑呢。

「如果你小看我，我叫大哥來了，混帳。」

「如果您小看我，我就叫警察嘍。」

就算被怒吼，我也絲毫不動搖，因為【撲克臉】而面無表情的我，感覺是個不好對付的人吧？

「哼，混帳……！」

「還是住手吧。看見您這個樣子，奶奶會傷心的喔……？」

我一臉冷靜地搖頭嘆氣。

「…………！」

男人不爽地說聲可惡，一腳踢向一旁的垃圾桶後，便離開了。

奶奶大概是關鍵的一擊，看來讓他想起奶奶了吧？

「你是同班的？」

「對。我是君島。」

「你是班長吧。我是名取陽色。你在這裡打工啊？剛剛謝謝你解圍。我真的很困擾，不曉得該怎麼辦……」

名取同學的手有點發抖。幸好出手幫忙了。

「你剛剛很帥氣喔！」

被人坦率稱讚還挺害羞的……咳咳，我清了清喉嚨。

「妳回去時要小心一點。剛剛那個人大概覺得名取同學很可愛，才向妳搭訕吧？最好找人多又明亮的道路回去。」

「被人說可愛還挺害羞的。」

「不然他就不會叫住妳了吧？」

我推測了對方的想法。

由於她想道謝，便給了我聯絡方式。不過我的手機放在員工室的包包裡，待會兒再來輸入吧。

我收拾好那個聽奶奶話的男人踢倒的垃圾桶時，雖然說了不用，名取同學依然特地幫忙我。她人真好。

「學校見。」

名取同學說完這句話便回去了。

此時，狀態欄又更新了。

・君島燈
・成長：急遽成長
・特徵、專長
路人
強心臟
能言善道
廣播宅
撲克臉
擅長稱讚

【膽量】進化了？變成【強心臟】。還有【避事主義】不見了，取而代之的是增加了【擅長稱讚】的項目。

【避事主義】會消失，是因為今天城所學長找碴時我沒有逃跑，剛剛也沒有裝作沒看見聽奶奶話的男人吧。

我回到店裡，芙海姊已經再次開始工作。

「我也稍微休息一下。」

「好——」

終於能喘口氣了。我坐在簡單的折疊椅上，看向自己的書包。

「咦？沒有了。」

——那個小個子學姊，把我的甜甜圈統統吃完了！

休息結束後，當我向她抱怨時，「一個不小心就統統吃光了。」她欸嘿嘿地露出可愛的笑容。

看在那個笑容的份上，就原諒她吧。

在我打工結束後，芙海姊買了冰棒和美式熱狗請我吃。唉，那就扯平了。

4 策士和路人

我拖著因為打工而疲憊的身體回家後，發現手機不知何時收到了訊息。

從頭像立刻曉得是誰傳的訊息。

是高宇治同學。

「哦哦……！」

我很開心，又不是那麼開心。內心五味雜陳。

她主動聯絡我，令人很高興。不過一想到她會因為那件事對我抱怨，就教人心情沉重。

我先深呼吸，接著打開聊天畫面。

『學長想向你道歉，他太主觀了。』

城所學長的事情嗎？

既然她會像這樣傳送訊息給我，表示我可以認為，高宇治同學並沒有因為那件事而討厭我吧？

她都主動提及我難以啟齒的話題了。想道歉只能趁現在……！

『我才要說對不起。和學長之間變尷尬了。』

雖然我希望最後能夠和高宇治同學處得不錯，不過至今為止我們之間的交流用「朋友」形容十分恰當。就算我覺得自己沒有做錯事，由於不曉得高宇治同學的想法，總之先道歉了。

她秒回『不用在意。看來他只是過度反應而已。』我放下心，吁了口氣。

『我向他好好說明了你是朋友。』

太好了。

之後我們就像以前待在漢堡店時那樣，一直互傳訊息聊《曼達洛的深夜論》。

不知不覺間過了十二點，也因為彼此在節目播放日都會準時收聽，直到深夜三點我們都氣勢不減地持續傳訊息聊天。

廣播節目中，主持人會聊自己的想法，或者滔滔不絕地說著在電視上不可能提及的身邊日常小事，因此經常讓人感覺很親切。

他們不會表現得像電視上的藝人曼達洛，裝傻的本田、吐槽的滿田各自會聊起在電視上不會說的私人話題。

那是沒有笑點收尾、隨處可見的日常話題，或者面對遇到的事情產生的想法。比起把他們視為搞笑藝人，更讓人覺得主持人就像隨處可見的大哥哥或朋友。

高宇治同學也同意這個想法。

我和高宇治同學彷彿把曼達洛的兩個人當成我們共通的朋友，聊個不停。

接著到了四點左右，我們終於傳了晚安的訊息。

雖然只有傳訊息聊天，不過這幾個小時過得很充實。

能夠和喜歡的女生談論喜歡的事物，也太幸福了吧？

就算我讓陷入永眠也不會抱怨。

這種睡眠在體感的一瞬間就宣告結束。

「阿——燈——！」

我聽見熟悉的聲音而睜開眼簾，已經早上七點半了。我一邊揉眼睛，一邊看向窗外，有個金髮辣妹朝我揮手。

「現在才起床嗎？等你五分鐘，快點準備——！」

我回了一聲「嗯」，總之換上制服，刷牙以後，套上運動鞋。

在門外等待的小春說：「頭髮好亂。」一邊笑邊摸了我的頭髮。

「我待會兒再整理。」

我們快步走在通學路上，小春開口問道：

「昨天是廣播的日子嗎？」

廣播節目隔天……日期上是當天，小春總是那樣叫醒我。

「不是。我和高宇治同學傳訊息聊得很開心。」

「啊……是嗎…………太好了！」

碰！她用力拍了我的背。

「情況變得一團亂，原本覺得狀況不妙，總算撐過來了～」

我打著呵欠，告訴小春我和城所學長之間的摩擦。

「所以小沙也很在意呀……」

或許有什麼頭緒的小春嘀咕。

「雖然不曉得學長是不是嫉妒，不過我覺得太嚴格了吧？」

「畢竟是興趣和朋友的範疇呀——學長意外是束縛系耶？」

「只想打炮又是束縛系喔？」

我覺得愈來愈了解帥氣學長私底下的一面了。即使是朋友的交情，也不讓男生接近自己的女朋友。

就算我這種人接近，也會擔心從帥氣的自己身邊搶走女朋友嗎？

或許他的占有欲很強烈。

「向憧憬的學長表白，雖然順利交往了，結果沒有持續太久，我常聽說這種事情。」

瀨川研究員迂迴地表示城所學長的性格有不好相處的一面。

「意思是想像和現實不一樣？」

「或許吧——由於受歡迎，心想『就算沒有她，還會有女生接近我』也不奇怪。」

真令人羨慕……這什麼勝利組的邏輯。

如果他能不碰高宇治同學一根手指，直接放手就好了。

我看到校門口了，學生逐漸朝著那裡走過去。來自四面八方的許多聲音叫住小春，由此可知她人面有多廣。

「君島同學。早安。」

昨天在便利商店見過的名取同學向我道早安。

女生一大早向我打招呼……原來我還有這種世界線呀……

一瞬間感動不已，我隨即回應：「早安。」

今天名取同學也把裝著網球拍的背袋揹在肩上，一頭馬尾搖搖晃晃。

她的臉上浮現帶有運動社團風格的爽朗笑容。

「或許你忘記了，所以提醒一下，記得傳個訊息或貼圖喔？」

「啊。我忘記了！」

由於收到高宇治同學的訊息，其他事情都忘得一乾二淨了。

「咦——好過分。」

名取同學笑著跟我開玩笑。

「我剛好有點忙。」

「那就拜託你加好友嘍——」

她說聲先走啦，便走向看似同社團的朋友身邊。

「……你和小陽的感情還不錯嘛？」

小春眼神冰冷地看著我。

「昨天發生了一些事情。」

「你明明只喜歡小沙，幹麼那麼興奮？」

是沒錯，不過妳……

「不要在這裡說這種話啦！四周都是人……不曉得會被誰聽見——」

「因為你喜歡的是那個人，我才支持你的！」

看來她還保有隱藏名字的體貼。

不過她在生氣。小春難得生氣了。

「如果和不同的女生感情融洽的話，狀況就不一樣了！」

「妳為、為什麼那麼生氣？」

狀況不一樣？什麼意思？

「蠢燈大蠢蛋！你這熬夜男！」

小春踏出「咚咚」的腳步聲，先離開了。

熬夜男絲毫沒有罵人的意思喔。

嗯？小春的狀態欄有變化了。

・瀨川春

・成長：成長

・特徵、專長

超凡的社交性

很會照顧人

母性

純情

諮詢師

狀態欄中追加了以前沒有的【諮詢師】。

因為我找她商量高宇治同學的事情嗎？

看來小春也以自己的步調成長了。

這麼一想，我的【急遽成長】的狀態可以說是異常。狀態很快就會更新。

先別管這個。

我不是和高宇治同學，而是和名取同學加深情誼的方向來思考的話，小春就不會支援我。

小春討厭名取同學嗎……？

我穿過校舍玄關前往教室後，發現小春和名取同學泰然自若地在聊天。看來她並沒有討厭對方。

我一走進教室，小春便瞄向我。豈止小春，其他同班同學的目光也投向我。怎麼了，我做了什麼事？

「聽說你幫了她？」

和剛才的態度截然不同的小春向我出聲。

「啊，在說名取同學？還不到幫助的地步，不過昨天晚上偶然撞見了。」

「因為你用『發生了一些事情』這種說法含糊帶過，教人很在意發生了什麼事，所以我就去問她，結果她告訴我了。」

看來對我發怒讓她有點介意，小春的神色有點尷尬。

「阿燈做了好事呢！」

我再次表示只是偶然撞見而已。

「話說妳要多多信任青梅竹馬啦！」

「因為小陽看起來比較好追，我還以為你很遜地想換對象。」

「我不會這麼做。」

我斜眼瞄向隔壁，高宇治同學已經坐在位置上了。

受人注目是因為她吧？

「還有，你和學長之間有摩擦吧？已經傳開了。」

啊啊，是那個呀。看在同班同學的眼中，那件事大概是個重大新聞吧？

「是啊……雖然沒有吵架，有點像是……一觸即發的感覺。」

「……面對面嗎？該說你還真有膽量，從前陣子的阿燈實在無法想像耶。」

小春感到不可思議地說道。當我變得能夠讀取狀態欄以後，隨著狀態欄上的變化，同時覺得自己也改變了。

「那件事已經落幕了。學長也透過高宇治同學向我道歉了。」

「那就好。昨天放學後實在發生太多事了。」

小春補充般說道，我跟不上狀況。

我坐下後，和高宇治同學對上目光。一想到我直到剛才都一直和這種神話級別的美少女傳訊息聊天，事到如今不由得有點緊張。

面對面看見她的美貌，我和高宇治同學之間的差異懸殊到令我感到自卑。

由於她向我道早安，我也立刻回了她早安。

「君島同學……聽說你從暴徒手中保護了名取同學，是真的嗎？」

微妙地有所不同，不過大致上沒有錯。

「該說暴徒嗎，因為我當場目睹她被奇怪的人纏上了。」

「你趕跑對方了？」

「嗯，對……」

假如不曉得【很聽奶奶的話】，或許就不得不叫警察了。我能夠自行處理，也是因為能夠讀取狀態欄。

「是嗎？」

雖然高宇治同學的表情一如往常平靜，不過她的眼睛閃閃發亮。

我感受到尊敬的眼神。

「城所學長當時也是，你的心理素質真強。」

「是嗎？」

我含糊回答。

不久前還是【膽小】的我，現在急速成長到如文字所述【強心臟】了。或許因為這個緣故，關於膽量方面，我還挺常有成長的自覺。

然後不曉得是好是壞，在其影響之下【避事主義】消失了。

「名取同學跟感情好的女生，也包含瀨川同學在內說了這件事，似乎已經傳開了。」

「真的只是偶然運氣好才趕跑對方而已。」

這是真的。

「我也想學習你那種心理素質。」

任何人都很清楚她才貌雙全。

加上私底下的她是在每星期好幾百封的徵選信件中，也經常被廣播節目的點子單元採用的明信片職人。就算是廣播，她那幽默的品味也受到專業的工作人員和搞笑藝人所認同。這樣的高宇治同學要向我學習？

「我覺得高宇治同學從我身上學不到什麼啊……？」

「沒那回事。我覺得你很酷。」

很酷？

……我？在說我嗎？

「咦？我說了什麼奇怪的話嗎？」

察覺我愣住不動的高宇治同學，露出不加掩飾的慌張表情。

「我、我說了奇怪的話……？對、對不起。我不是那個意思。」

高宇治同學逃也似地用頭髮遮掩側臉。

她的耳朵有一點變紅。

那個意思……

表示她並沒有那種我所期待的意思……那也當然。

「我認為你是令人尊敬又酷的朋友喔。」

「……啊啊，嗯。」

沒錯。朋友。我和高宇治同學是朋友。

由於對話中斷了，趁我還沒忘記時，傳了訊息給名取同學。
『請多指教。』
坐在教室前方的名取同學轉頭看向我微笑。當她轉動脖子，馬尾就會輕盈晃動。
『謝謝你傳訊息。』
看了我的訊息了嗎？名取同學又像確認似地轉頭看我。
我揮手打個招呼，表示我看到了。
接著級任老師過來了，朝會結束，開始第一節課。
上課時，我又收到訊息了。是名取同學。
『你在那間便利商店打工嗎？』
『偶爾在那裡打工。不會很忙，挺不錯的。』
『真好。我也想打工——』
我們繼續互傳這種不怎麼重要的訊息聊天。
上課中用手機是會被沒收的狀況。
我的座位比較後面，不太容易被發現，不過名取同學沒問題嗎？
有個折疊整齊、從筆記本撕下的紙條從一旁傳來放在桌子上，我不明所以地打開一看。
『你在做什麼？』

唔！

我看向傳紙條過來的方向——高宇治同學，她心情欠佳地沉下臉。

「……」

我感受到無言的壓力。

班長在上課時玩手機不太好吧……

我取消想傳給名取同學的訊息，把手機收回口袋裡。

我為了表示自己沒有反抗的意思而舉起雙手。

「君島——怎麼舉手了。想上廁所——？」

「啊，對不起，不是的。」

「不要讓人誤會啊——」

老師開玩笑地一說，教室裡便此起彼落傳出輕笑聲。

「～～～！」

高宇治同學為了不笑出來，緊咬著嘴唇，也閉著眼睛。

廁所也是妳的笑點嗎？高宇治同學。

我悄聲呢喃。

「廁所。」

「～～～！」

高宇治同學的笑穴也未免太多了吧？

「廁。」

「噗噗——」

無法忍耐的高宇治同學發出古怪的笑聲。那一刻，同班同學和老師也在意是什麼聲音而尋找音源，不過這個時候高宇治同學已經恢復原本的表情。

笑出來的臉也一樣可愛。

「……Benjazzy——」（註：諧音哏。廁所的日文為Benjyou，Benjazzy是日本樂團BAD HOP的成員之一，名字與廁所發音相近。）

「噗噗、噗噗！」

「垂榕。」（註：諧音哏。垂榕日文拼音為Benjyamin，與廁所發音相近。）

她想笑出來的本性和說服自己繼續忍耐的理性在戰鬥嗎？

「唔呵！」

高宇治同學發出不像美少女高中生的笑聲。她覺得很難為情嗎？雙手蓋住了臉。

……好可愛。

廁所……的發音會讓她笑吧？

接著一旁又遞來筆記撕下的紙條。

『別說了。』

糟糕，我做得太過火了……

她或許生氣了，我小心翼翼看向一旁，只見她強忍笑意渾身發抖。

「………高宇治同學在笑嗎？」

老師彷彿看見奇妙的景象而低聲呢喃。

「真的耶。小沙在笑。」「第一次看見。」「我也是第一次看見不是一臉沉靜的高宇治同學。」「話說她臉好紅。」「笑到有點流淚了。」

接著同班同學竊竊私語。

對於只知道她沉靜表情的同班同學而言，這樣的高宇治同學看起來很奇妙吧。我認為這才是她真實的一面。

接著下課後，高宇治同學朝我伸出手。

「我要沒收手機。」

「高宇治同學，既然老師沒有發現，請高抬貴手……」

「你和其他女生融洽地傳訊息吧？就那麼開心嗎？」

高宇治同學不滿地皺起眉頭。

「嗯……」

我確實很開心，不過高宇治同學，妳的說法……

唔？察覺不對勁的高宇治同學立刻重新說了一遍。

「上課時應該禁止玩手機。所以我要沒收。」

意志堅定的高宇治同學強勢的態度，讓我乖乖地交出手機。

學生之間不需要遵守那種規矩吧……

到了午休時間，高宇治同學把我的手機還回來了。

「君島同學總是在哪裡吃午餐呢？」

「妳知道特別教室大樓三樓的上面嗎？」

「上面？三樓的？」

由於這所學校只有三樓，她當然會覺得奇怪。

「沒錯。那裡有座樓梯能夠通往頂樓，雖然頂樓不開放沒辦法上去，不過我總是在那扇門前面吃午餐。」

無法前往頂樓的門前，我稱之為頂樓前。

「……一個人嗎？」

「大致上。」

相對的，高宇治同學總是和別人一起吃午餐。經常有人邀請她前往學生餐廳。

「今天我——」

當她想開口時，小春出聲叫住我。

「阿燈——今天我也可以過去嗎？」

「可以啊。」

頂樓前並非我專屬的場所，所以不需要許可喔。

「高宇治同學，妳剛剛是不是有話想說？」

「沒有，沒什麼。」

高宇治同學這麼說，搖了搖頭。

我在校內的福利社隨便買了麵包，和拿著便當的小春前往那個場所。

「現在阿燈的事傳得沸沸揚揚的。曉得嗎？」

「傳聞？幫助名取同學的那件事嗎？」

「不是那個。是和學長起衝突那件事。」

「啊。」

人面很廣的小春，很常聽見這種小道消息吧？
「你是不是說了想搶走小沙之類的話？」
「怎麼可能啦？」
我不可能說到這種地步。
「不過傳聞都說有個二年級學生向城所龍星找碴。」
「等一下。這也傳得太誇張了吧？」
有人隨口說說，聽的人當作事實接受，覺得有趣便四處跟人說吧？
我沒有找碴，我是被找碴的一方。
在頂樓前開始用午餐後，話題都在聊這件事。
「大家都在傳喔。首先，阿燈向學長挑釁了。」
「這種說法已經不對了。」
「唉，聽人家說啦。學長為了守護小沙，所以回應學弟的挑釁，似乎變成這樣了。」
「那種說法，簡直就像要開戰了。」
「對。我也嚇了一跳。現在的狀況就像是主角要擊退對超級可愛的女主角糾纏不休的路人。」
我在那個構圖中不可能是主角呢。

傳聞也是這樣，從第三者的角度看來，或許是這種感覺。

極為相配的學校第一帥哥和美少女的情侶，以及想阻撓他們的人。

「阿燈完全是個heel了。」

「回復魔法？」

「反派角色的意思。」（註：回復魔法英文為heal，發音同反派角色heel。）

小春一邊用筷子吃飯，一邊滑手機查看消息。雖然不曉得她在看什麼，看來消息是從那裡來的。

「既然是傳聞，不要理會也沒關係吧？」

我絲毫不在意，咬了一口麵包。

「看來也不能那樣。」

「嗯？」

小春讓我看了手機畫面。螢幕上是學校的地下討論區。

小春一邊從上方按照順序說明，一邊顯示內容。

『最強帥哥VS二年級的路人。』

『那傢伙是誰呀。』

『二年級的。不知道名字。』

『雖然懂他的想法，但別挑釁啦ｗｗｗ』
『那個人對沙彩糾纏不休，城所似乎生氣了。』
……雖然也有不重要的留言，不過也有說中三成左右的留言。
『一旦真的打起來的話，我想路人比較強喔～』
這是我認識的人的留言？
就說芙海姊，沒有女生會用打架的強度來判斷男生的啦。
「談論得太熱烈了。先別管和事實微妙不同的地方，傳開的速度太快了。昨天放學後才發生的吧？」
「就是這樣。畢竟大家都想聽八卦呀。小沙和學長交往時，傳得更快喔？」
「只想打炮也是一樣，不過城所學長也有精神暴力的一面吧？」
「是嗎？」
「大感意外吧？帥哥私底下是這個樣子。」
如果大家曉得他那一面的話，我就不會像這樣被當作壞蛋了吧？據小春表示，只想打炮的說法只在一部分女生中流傳。大部分女生都不曉得。
「阿燈，怎麼辦？」
「一星期以後大家就忘記了吧？」

不需要特地把事情鬧大。幸好討論區上還沒有寫出我的名字。

我這麼打算時，名取同學傳了訊息給我。

『三年級的學長來到教室，在找君島同學。』

有夠麻煩……

因為我拿著手機愣住了，小春便在意地湊到我手邊窺看。

「開戰了嗎——？」

「也就是說，城所學長似乎幹勁滿滿呢……」

「好像是。」

「好像……小春，妳不能想想辦法嗎？」

「歸根究柢，阿燈找碴才是事情的開端吧？」

「不對，昨天不是我，是對方——」

「不是。阿燈確實找碴了。阿燈明明知道小沙有個最強的帥哥男朋友，還居心不良地想和小沙加深情誼。或許昨天那件事的傳聞和事實不符，然而在最根本的部分，阿燈確實出手了。」

辣妹滿臉正經地叱責我。

搶人作戰本質上就是這麼回事。

「……妳說得沒錯。」

毫無反駁的餘地。

其實我原本沒有面對面起衝突的打算。我不擅長粗暴的事情。

「反正遲早都會演變成這種情況吧？你要怎麼做？」

◆高宇治沙彩

沙彩在教室吃便當時，經常和城所待在一起的三年級男生前來找阿燈。

鐵定要談昨天的事情吧？畢竟他曾說過想為過度反應的事情道歉。

沙彩沒有會深入聊天的朋友，絲毫不曉得狀況。

雖然周圍的同班同學似乎知道些什麼，不過他們只是洋溢些許的緊張感，一語不發罷了。

「沙彩學妹，龍星在找妳，可以過來一趟嗎？」

「嗯？啊，好。」

沙彩心想，如果有事，他自己過來不就好了？

她隱約對城所產生了疑慮。

回家途中，對話早早結束，他便經常談論些瞧不起人的話題。也會像那樣使喚朋友。

把自己會熬夜聽廣播節目的事情跟他說，也只是得到「那什麼w　妳要早點睡啦ww」這樣的回應。他有些訕笑的態度，令沙彩浮現伴隨不信任的異樣感覺。她所知道的，就是他對於自己不熟悉的事物會帶有偏見。

沙彩收拾好擺在桌上的便當，跟在來接她的三年級男生後面走著。

「有個叫做君島的討厭鬼吧？既然你們同班，沙彩學妹也要小心一點喔。」

雖然對方溫和地對自己搭話，不過沙彩不曉得對方為什麼有這種認知，「哦。」只能曖昧不清地回應。

「啊，好像找到那個叫做君島的人了。」

那個男生查看手機後說了。沙彩不清楚狀況，於是詢問他。

「為什麼在找君島同學呢？」

「妳不曉得嗎？因為他向龍星挑釁，龍星打算回應，現在進展到這個地步了——」

「咦？」

理解跟不上。為什麼會演變成這種情況呢？找碴的人是城所，況且昨天說過想道歉，自己才剛代替他傳達歉意了。

「不能撒手不管糾纏女朋友的人，是男人都懂啊。假如放過對自己女朋友出手的人，面子會掛不住啊。哈哈哈。」

根據這個三年級男生的說法，阿燈似乎出言挑釁，而城所也打算接受。既然想對戀人出手的人都挑釁了，動機也很足夠……看來是這樣。

「我完全搞不懂……」

把自己當成藉口，教訓看不順眼的阿燈——他是這麼想的嗎？

一曉得自己被當成藉口，感覺就很不好。

來到城所的班級後，城所和他幾名跟班就待在窗邊。他的身體靠在窗台，手臂撐在窗框上。

一想到這個人在班上都是這種感覺，沙彩心中又對他扣分了。

「沙彩妹，抱歉把妳找來。」

幾個男女跟班察覺沙彩來了，視線投向她。

「……不會。」

「雖然我昨天那麼說，不過就是無法忍耐。」

「君島同學並沒有做出像是找碴的行為。」

「沒關係、沒關係。男生之間就是這樣啦。」

城所不把自己的話當作一回事。

「討論區都吵得那麼凶了，我也不能閉嘴退讓啊。」

討論區？沙彩偏頭不解時，阿燈獨自前來了。

「打擾了——」

在令人忐忑不安的三年級教室中，阿燈一副平靜的表情。

沙彩看見阿燈的臉，不由得鬆了口氣。在不熟悉人和陌生的場所，有個認識的人在，令人稍微安心下來。

城所開口了。

「君島。你很清楚為什麼會被找來吧？」

阿燈瞥了一眼沙彩。

「……大概知道。」

阿燈明明沒有做錯事，卻被牽扯至這種無聊透頂的情況之中，讓她真的覺得很抱歉。

「由於和事實截然不同，我還挺傷腦筋的，你能不能想點辦法呢？」

阿燈以平淡的口吻向城所開口，浮現苦笑。

「有一半是事實吧？我個人也看你不順眼，就趁機分個高下吧。傳聞都鬧得這麼大了，不這麼做會無法平息的。」

教室裡一片譁然。不知不覺間教室內充滿許多觀眾，見證事情的發展。

「城所宣戰了。」

「咦？要打架嗎？他們要打架嗎？現在開始？」

是、是嗎？內心非常動搖的沙彩擔憂地凝視阿燈。

「你會和沙彩妹聯絡吧？把別人的女朋友當作什麼了？」

撲通，沙彩的心臟不祥地跳了一下。

她沒有和城所提過和阿燈互傳訊息的事情。

對方看見了聊天畫面了嗎……？

「城所學長真的有高壓的一面吧？我和高宇治同學有共通的興趣……只不過在聊那個話題而已。」

「啊啊，廣播節目的？」

他浮現訕笑般的淺笑。那種笑法彷彿同時嘲弄興趣，以及喜歡廣播的阿燈。

「現在是影片、直播和短影片當道的年代，聽什麼廣播節目？況且還特地熬到深夜也要收聽？那是哪個時代的事情呀？」

城所只揚起嘴角嘲笑，聳了聳肩膀。

想回他的話堆積如山。他明明不甚了解。明明沒有聽過。

沙彩胸口內的鬱悶不斷蔓延時，阿燈嘆了口氣。

「啊，是是是。我都熬夜到很晚準時收聽喔。我和高宇治同學都一樣。所以又怎麼了？我反而想說，這個年代還不認同興趣的多樣性，你又活在哪個年代呀？在別人睡覺時清醒著，熱衷於某件事，要比只是在睡覺的人生有趣許多吧？」

來自教室某處的訕笑聲消失了。在一片寧靜中，阿燈彷彿抑制變得激動的自己似的，重重嘆了口氣。

「別人的興趣，怎麼樣都好吧？」

被嘲笑的那一天，以及現在，沙彩想對城所說的話，全都由阿燈說出口了。

不知不覺間，沙彩在心中為阿燈加油。

在三年級教室中，唯一一名同班同學。

無法獲得理解、擁有同樣興趣的同志。

沙彩為自己的代言者傳送無聲的聲援。

阿燈詢問一語不發的城所。

「那麼要如何分個高下？有什麼方法？我不太擅長暴力行為。雖然已經習慣被揍了。」

……習慣被揍？錯愕的沙彩不斷眨眼。

「學弟……先下手為強。首先朝著對方鼻子用力揮拳打下去的話，對方就會喪失鬥志喔。」

從人牆中出現的小小學姊，提出嚇人的建議。

「我已經想過該如何分個高下了……用這個如何？」

城所拿起收納撲克牌的卡片盒給阿燈看。

「撲克牌？」

「沒錯。玩撲克決定吧？這種遊戲並不暴力，沒關係吧？」

「…………」

阿燈思考般地闔上嘴。接著，視線筆直投向城所。

「如果我贏了，請你為剛才嘲笑他人道歉。」

「可以啊。」

「還有另一件事……請你和高宇治同學分手。」

沙彩比起驚訝，心臟搶先撲通地加快跳動。和剛才是不同種類的跳動。

「畢竟是我提議的勝負……也好。」

在一片吵雜聲中，城所接受了提議，更讓教室內議論紛紛。

「如果我贏了，君島就要和沙彩妹絕交。不只在學校，你們也不可以用手機聯絡。」

不好……！完全不好……！

此時自己強烈否定也不妥當，沙彩向阿燈傳送快拒絕的意念。

「我知道了。畢竟我已經做好這種心理準備了。」
「咦、咦？咦咦？為、為什麼？」
我絲毫沒有這種心理準備。
一想到這裡，不禁叫了出來。

◆君島燈

「咦、咦？咦咦？為、為什麼？」
高宇治同學，妳都寫在臉上了。
只不過，那樣令人非常開心。還有，她慌張的模樣也很可愛。
因為從她的反應，看得出來很重視和我之間的朋友關係。
如果要與我的要求相符的話，對方提出和高宇治同學絕交的要求，或許也無可奈何。我已經有心裡準備了。
「……你是認真的呢。」
城所學長以感到意外的模樣開口。
「身為一個廣播節目的粉絲，我無法原諒你剛才的說法，而且我沒怎麼聽過學長的好傳聞。」

「所以覺得沙彩妹和我分手比較好？」

我一語不發，只是牢牢盯著城所學長端正的五官。

「喂，你又多了解龍星了？」

雖然待在他身旁的一個學長插話，不過城所學長制止了他。

「無所謂。我不介意。」

「既然是我答應你提議的比賽。那個叫做莊家的，在撲克裡負責發牌的人，可以由我指定嗎？」

「這種小事沒問題喔。」

……

這件事情應該挺重要的吧。他乾脆地答應了。

「小春……我有個青梅竹馬的金髮辣妹，我想拜託她。」

「啊啊。那個辣妹是君島的朋友嗎？可以啊，無所謂。」

他還真有自信。

大致上決定好後，城所學長便向我們說明他平時在玩的撲克規則。

一般而言，撲克是由莊家和多個玩家一起進行。玩家把取得的手牌組合成牌型，根據牌

型的強度決勝負。

不過這次要比的，是叫做單挑撲克的玩法。

宣告午休結束的鈴聲響起，城所學長找來了芙海姊。

「西方同學，妳和他交情還不錯吧？可以幫忙說明嗎？」

「可以呀。」

芙海姊爽快地答應了。

「學弟，放學後可以留下來嗎？」

今天沒有打工，我點了點頭。

我們決定三天以後的放學時分，在這間教室進行比賽後，不知不覺間聚集的人潮都陸續離開教室了。

「君島同學，我們走吧。」

在有話想說的高宇治同學的催促下，我們也離開教室了。

「你為什麼要答應那種比賽呢？」

高宇治同學開口第一句話就提這件事，她滿臉不安地對我這麼說。

「看來學長也有所自覺，我才這麼說，不過根據小春聽見的傳聞，城所學長的風評不太好喔。」

她早就知道了，還是不知道呢？高宇治同學表情複雜地沉默不語。

「我看見你們私下相處時，便心想高宇治同學是不是在勉強自己。」

「為什麼……」

會有這種想法？

或許我誤會了，不過至少她和我聊天時，看起來還挺開心的。

「因為這樣，雖然是我自作主張，不過我覺得你們最好分手。」

「真的是自作主張。」

她眼神帶著怨恨，彷彿是在責備我。

「……對不起。」

「如果不能再和君島同學聊天，我也會很傷腦筋。」

是那樣嗎？

高宇治同學似乎自覺說溜了嘴，有如逃跑似的加速快走。

「畢竟你是好不容易交到的朋友……」

看來在高宇治同學的心中，我已經成為那麼重要的存在了。

我感到喜悅的同時，也重新覺得正因如此，必須把她從城所學長身邊搶過來才行。

「簡單來說，就是一對一的撲克。」

放學後，我留在教室裡聽芙海姊說明。

被我牽扯進來的小春和當事人高宇治同學，也在一旁豎耳傾聽。

芙海姊將帶來的撲克牌發牌，獨自示範。

「平時都用拿到的手牌組合牌型，這種遊戲不一樣嗎？」

「沒錯，小辣妹。」

小辣妹？超直接的。

「玩家拿到莊家發的兩張牌，以及用放在公家區的五張公家牌組合牌型。」

唰唰，芙海姊快速地發給我和高宇治同學兩張牌。接著在公家區蓋上三張牌，然後翻開。

「了解撲克牌的牌型嗎？」

「我曾在遊戲中玩過。」

「那就沒問題了。下注的時機，就是玩家拿到兩張牌時、公家區放了三張牌時、把第四張公家牌放在公家區時，以及發下第五張公家牌時，總共四次。第四次發牌結束後，亮出彼此的牌型一決勝負，就是這個流程。只不過——」

除了規則，芙海姊也告訴我遊戲知識。

…………她懂得真多。

她會玩吧？前陣子在校舍玄關和城所學長起爭執時也是，她放學後似乎會留在學校。

「或許和官方規則有一點不同，城所同學說的撲克就是這一種。」

整理過她的說明後，這次的撲克是用手牌和公家區上的牌組合牌型，搶奪比賽對手籌碼的遊戲。

城所學長自信滿滿。

先不論我還不習慣玩牌，只要牌運不錯，我贏的可能性明明也不低。

「……」

就這樣，在芙海姊的教導下，小春當莊家，我和高宇治同學比賽。

在巡邏的老師過來教室後，我們就解散了，但是假如老師沒有來，我們可能會玩到太陽下山。

「好有趣……」

雖然我和城所學長賭上和高宇治同學之間的關係，不過高宇治同學坦率地享受遊戲。

「小沙玩得不錯呢。」

「組合牌型固然重要，不過揣測對方的心理更為重要呢。」

講得籠統一點，就是這麼回事。

就算沒有拿到好牌，只要讓對方放棄出牌，或者讓對方持續認輸的話就能夠贏。

「虛張聲勢是常用的手法呢～基於這一點，如何揣測對方的心理是關鍵。」

「小小學姊知道得真詳細。」

小小學姊挺起了胸膛，彷彿表示說得好。

「歸根究柢，讓這個遊戲在三年級學生中流行起來的人正是我。」

她不是玩家，而是引領風潮的人。

狀態欄中有【頭腦是賭徒】的項目也說得通了。

一般女生才不曉得這種賭博類的遊戲喔，芙海姊。

「有機會再玩吧！」

道別時，高宇治同學雙眼發亮地說了。

「改天再玩！」

小春也開朗地回答後，高宇治同學便頻頻點頭。

我和小春一起回家時，終於說明了午休時間發生的事情。

「我早就知道了。畢竟有人即時寫在討論區上。」

「討論區好狂。」

「所以我也很在意，想要幫忙……不過阿燈還真蠢。」

「為什麼罵我？」

「對方當然比較高超，竟然還答應他的提議。」

「如果再這樣拖拖拉拉……那兩個人感情變好的話該怎麼辦？」

那是最可怕的情況。應該說我不樂見。

我跟蹤他們時，小春曾說過他們只是剛交往，因此才會不自在。所以隨著時間經過，感情慢慢變好的可能性很大。

就算學長現在似乎還沒有出手，這種情況不見得會維持下去。

「不過……阿燈，如果你輸了，你和小沙就不能再聯絡或講話嘍？明明你們在教室也開始聊天了。雖然這和我沒關係，我無所謂就是了。無所謂。」

小春強調了她無所謂。

「只不過，該說我不想看見阿燈受傷嗎……」

「小春美眉在擔心我嗎？」

「你、你好煩！只是因為你在身旁鬱鬱寡歡，我會很煩悶而已！」

我不禁笑了。

「因為妳是這種調調，我才會指名妳擔任莊家吧。」

「這件事超神祕的。怎麼回事？為什麼找我？」

「待在三年級的教室會坐立不安吧，該說小春在的話，我會比較平靜嗎？」

有個熟面孔會帶來安心感。

有一點臉紅的小春清了清喉嚨，玩笑似的撞了我一下。

「意思是阿燈很愛小春美眉嗎——？」

「並不是。」

「哎喲，我懂啦！當面被否定讓人挺火大的！」

小春用力來回揮舞書包，「喂！夠了，別這樣！」我也進入防禦狀態。

如果問我喜歡還是討厭小春，我當然喜歡她。

用親情形容或許很貼切。如果小春有了男朋友，和那傢伙黏在一塊兒的話，我多少會嫉妒吧。如果她有煩惱，我也會在能做到的範圍內幫助她。

我就像她的弟弟或者哥哥，小春就像我的妹妹或者姊姊。

由於彼此沒有血緣關係，我有時也會把她當作異性看待。與其用愛情形容，大概更接近家人之間的情感。

「我知道啦！」

小春再次大聲叫喊，揮舞的書包俐落地直擊我的臉。

「噗啊！」

我想這種關係至少會持續到高中畢業為止。

直到決戰當天，我和芙海姊不斷練習撲克。

「剛剛必須看出我的牌不好才行喲。」

「雖然強勢下注很好，也得看出我同樣強勢才行。」

「全部下注，看起來只是在自暴自棄。要認輸嗎？」

像這樣，每一回合她都會給我感想和建議，我便基於這些意見做練習。

「學弟會老實聽話，是個很棒的犬系學弟呢～」

難不成她口中的犬系學弟，是指我就像乖乖聽話的狗狗，才這麼說的嗎？

「這樣意思有一點不同。」

「你在說什麼？」

「報告！什麼事都沒有！女士。」

多虧了她這樣幫我特訓，我不僅習慣了遊戲，也能夠理解其深奧和有趣的一面。

只不過，假如我擔憂的事情成真的話，老實說虛張聲勢、強勢或是否習慣遊戲都無關緊要了。

看來必須以防萬一做好準備。

接著，來到決戰的放學後。

我和小春、高宇治同學三個人來到城所學長的教室。

教室中央，兩張桌子前後並排在一起，城所學長坐在其中一個位置上。包圍那裡的群眾形成人牆。

「不好意思，借過。」

我從人群縫隙擠了進去，小春和高宇治同學也跟著我。

「不好意思，讓你久等了。」

「等你很久了。」

城所學長浮現女生看見的話會暈倒的爽朗笑容。

從那個午休直到今天，根據小春的說法，地下討論區似乎吵得沸沸揚揚。

正義的帥哥賭上學校第一的美少女，和二年級的男生一決勝負——大家各自發表了這一類的內容。

打算破壞兩人情誼的我，完全被當作反派了。

我原本以為多少會有人站在我這裡，不過幾乎沒有。就算是高宇治同學粉絲的男生，遇

到城所學長的話，便以「Good Luck」的感覺放手，祝福兩人交往。

雖然似乎也有人提到城所學長那方面的負評，不過數量壓倒性的不同。

「由於被指名了，由我來擔任莊家──」

「請多指教了，小春。」

「好──」

隨性回答的小春，拆開了全新的撲克牌後洗牌。

「來確認一下。君島勝利的話，我就要和沙彩妹分手。也要為嘲笑你的興趣道歉。」

「是的。學長勝利的話，我就和高宇治同學絕交。不會再和她聯絡，在學校裡也不會再講話。」

嗯，城所學長點了點頭。

「約好了。」

「好的。」

老實說，就算我輸了，有那個心的話也能食言。不過，萬一對方輸了，損失就很重大。

因此，以想打破約定的前提比賽，那就不公平了。

陸續來到教室裡的觀眾，或許就像證人一樣。

高宇治同學一語不發，擔憂地見證。

衝突演變成這種不得了的情況，我覺得很抱歉。

畢竟活生生是「不要為了我吵架」的狀態。

我們用扁平彈珠當作籌碼，彼此各拿三十枚，開始對決。

「學弟，要強勢下注。強勢能夠贏過一切！」

從人牆之中探出臉來的芙海姊給了我最後一個建議。

我沒有回話，點了點頭。

接著，第一回合開始了。

首先，每回合一開始玩家必須下注。我們會說像是跟注或者加注之類的喊注，各自拿了兩枚籌碼，總共四枚籌碼，放在名為彩池、類似共通帳戶的地方。

小春發給我們各自兩張牌，我趕緊確認。嗯，簡單來說就是不強也不弱。

我們觀察彼此情況，各自拿出兩枚籌碼下注，小春攤開放在公家區的三張牌。

「……」

7一對。

雖然挺弱的，不過這個時候，我的手牌加上公家區，便完成了需要兩張同樣數字的牌型「一對」。

多虧了【撲克臉】，雖然城所學長頻頻瞄向我的臉，不過只是皺起眉頭。

只要組成了牌型，就算不強也要決勝負。

這是芙海姊教導的鐵則之一。只不過此時大量下注、氣勢太強的話，對方也有棄局的可能，因此必須要讓他在不棄局的情況下，一邊延續牌局，一邊調整下注的籌碼。

下注後便進入下一輪，小春追加攤開在公家區上的另一張牌。

……我的手牌加上公家區上的牌，共有三張同樣數字的牌，從一對進化成三條了。

第一場就拿到好牌。

又到了下注的階段。

「蓋牌。」

城所學長宣布退出這一局。我只能愣在原地。看來他的牌運不佳吧。我應該沒有寫在表情上。也沒有強勢地追加籌碼。

「那麼，這些籌碼都是阿燈的。」

這麼一來，這一回合就是我贏，因此拿到彩池裡的所有籌碼。

「你要退出嗎？」

彼此攤牌一看，城所學長是國王一對。假如他堅持到最後決勝負的話，牌型會是我比較強，應該也能夠獲得比現在收到的更多籌碼才對。

「三條更強呢。看來蓋牌是正確的。」

「你在不錯的時機抽身呢。」
假如我拿到７一對時就決勝負的話，就是數字小的我輸了。
是否拿到好牌、是否強勢下注、是否不被察覺手牌差，這場遊戲的「判斷」應該是這種層次的。
他在那種時候蓋牌，別說我的牌型了，甚至可能看穿了數字。
……這個人和職業玩家一樣強嗎？
第二回合。
風向變了，我的牌運差透了。就算加上公家區上的三張牌，也組不出多好的牌型。
這麼一來，只能虛張聲勢讓對方撤退了。
我下注了包含剛才贏到的幾枚扁平彈珠在內的十枚籌碼。
「十枚？君島是賭徒呢。」
「能上的時候就要儘管上，師傅芙海姊是這麼教導我的。」
「既然有西方同學教導，當然會玩得好呢。」
芙海姊是何許人也？也太受人崇敬了吧。
「……那我就跟注吧。」
城所學長宣布跟注，拿出和我同樣數量的籌碼。別說退出了，他以接受勝負的方向進行

了賽局。

也因為第一回合輸了，城所學長手中的籌碼，已經減少到開局的一半了。

比賽繼續下去，直到最後城所學長都沒有退出。

我手中沒有任何牌型。

對方大概有。

然而他從遊戲開始至今，就絲毫沒有展現煩惱的態度……

一般而言多少會思考的情況，他一點也不猶豫。

……看來我擔憂的事情果然成真了。

他詐賭了吧？

撲克給人的印象就是詐賭，況且這裡是城所學長的教室，他有所安排也不足為奇。

我原本還想公平對決。他卻這麼打算嗎？

我試著振作精神，伸懶腰並深呼吸。自然地環顧四周以後，倏地察覺了。

城所學長的四個跟班男學生分散各處站著看向我。

每個人站的地方都在我的背後。以時鐘上的數字來看，四個人分別站在從四點到八點的位置。

身為朋友卻沒有聚在一起觀賽，就是這麼回事。

「……」

只要在場外安排好幫手，就能輕而易舉看見我的手牌吧？

恐怕看見我手牌的四個人，會向城所學長傳達某種暗號——

僅僅兩張手牌的花色和數字。要傳達的只有這些訊息，資訊量並不多。

之前我和芙海姊練習，彼此觀察對方時，有時會四目相交，相對的我和城所學長完全沒有對上視線。

看來他看的人不是我，而是站在我後面的朋友吧。

城所學長的狀態欄中有【策士】的項目。

假如我不知情，就不會懷疑他，而是堂堂正正一決勝負了吧。

「阿燈，學長跟注了。你要怎麼做？」

「等我一下。」

我要一點時間思考。

我裝作煩惱的樣子，思考如何扭轉局面。

「……城所學長很強呢。」

「是嗎？」

「是的。我原本以為在芙海姊的特訓下已經變強了，不過還是比不上你。」

「那麼乾脆認輸吧？」

「也不能這麼做呢。畢竟君島家的家訓是不准輸給帥哥——」

「這個家訓真古怪。」

「對吧？我也希望自己天生是像學長這樣的帥哥喔。」

「現在沒有時間閒聊吧？」

「我這個人如果不聊天就無法整理思緒，不好意思。」

我一邊頻頻點頭，一邊繼續說話。

就算面對毫無興趣的對象，也能夠流暢聊著不怎麼重要的話題，都是多虧了【能言善道】的技能吧？

「開始特訓後，我覺得這種遊戲還挺好玩的。」

「……」

已經懶得附和的城所學長，露出厭煩的表情聽我說話。

我有【強心臟】、【擅長稱讚】和【撲克臉】。沒事的。我能做到。不要發抖啊，我的手。

「那個戒指好有型喔。哪裡買的？」
「這個嗎？」
城所學長視線投向戒指。
「那個很貴嗎？」
「不曉得。畢竟是別人送的。」
「女生送的嗎？真好——」
「快點繼續。」
等不下去的城所學長煩躁地說道。
「不好意思。我終於整理好思緒了……我要加注。」
面對同等的喊注，我追加了更多籌碼。
城所學長笑了。
「看來你拿到好牌了吧？真令人羨慕。我要跟注。」
城所學長又跟了上來。這麼一來他的籌碼就歸零了。在第二回合就用光手中的籌碼，明顯是件奇怪的事。
如果他不確定這一回合會拿下勝利，就無法這麼大膽。
相對而言，如果這一回合落敗，表示他會輸掉比賽。

小春在公家區上攤開第五張牌，不過看來和我無關。最後一輪結束後，彼此亮出手牌。

「雖然強勢下注了，結果會不會不如預期呢。或許會輸掉呢。」

這個大騙子。全都寫在你奸笑的臉上了。你肯定覺得自己會贏吧？

「我是8一對。」

城所學長攤開牌型。公家區和手牌有各一張8。

我也跟在他後面攤開手牌。

你以為我組不出任何牌型吧？非常遺憾。

「我是順子。」

這是比一對還強兩級的牌型。

「咦？什麼——！」

城所學長目瞪口呆。他不斷來回看著牌面，愣住了。

「你沒有籌碼了，所以是我贏了。」

「怎麼可能——？騙人！」

「你怎麼那麼慌張呢？」

城所學長的視線猛然投向朋友。

我轉身一看，那名朋友也狼狽不堪。

「這場比賽是阿燈的勝利——！」

小春開心笑了。

呼——我靠在椅背上。

我看向高宇治同學，她在哭。

在、在哭……？咦？

我們一對上視線，她就離開教室了。

為什麼？咦？咦？

雖然我陷入混亂，不過城所學長匡咚一聲從座位上起身，雙手拍打桌子。

「等一下！奇怪，太奇怪了！」

「你說奇怪……雖然可能性並不高，不過順子是滿常出現的牌型喔。」

我開始輕輕地整理撲克牌。

當然抽掉了混入的牌。

「聽你的說法，難道知道我的牌型嗎？」

「那是……！沒那回事吧！」

「那就不奇怪吧？畢竟我湊成了順子，所以強勢下注。當然要這麼做。」

「嗚……」

這個人的撲克技術並不高超。太好懂了。

這是場基於詐賭而提出的撲克對決吧？如果沒有打算詐賭，朋友就不應該站在那種不自然的位置。那些人平時都會待在城所學長身邊吧？看來保持警戒是正確答案。

「如宣言所述，請你遵守約定。」

失去力氣的城所學長咚一聲坐在椅子上。

「……………唉。我知道了。我會遵守約定。沙彩妹，就是這麼回事，對不起啦。」

這個時候，我還不曉得他口中的「對不起」是什麼意思。

只是單純認為他不想和高宇治同學分手，才這麼說的。

「咦？她不在。」

「高宇治同學剛剛離開教室了。」

「是嗎？那麼我親自去對她說一聲吧。」

「還有另一件事。記得嗎？」

他似乎真的忘記了，聳了聳肩苦笑。

「啊，對了……我嘲笑了你和沙彩妹的興趣，我得道歉。非常抱歉。」

他姿勢端正地低頭道歉。

「請你聽聽看。一次就好。因為很有趣。不要嘲笑沒見過也沒聽過的事物。」

希望他至少在接觸以後，再嘲笑或者貶低。即使如此，喜歡的事物被人嘲笑還是令人火大就是。

「我會銘記在心。」

這麼一來，我就和高宇治同學一起做個精選集，向城所學長傳教吧。

要收錄哪一回的哪一個段子呢……高宇治同學的話，會挑選哪個部分呢？

啊，對了。高宇治同學！她為什麼哭了？

其、其實她不想分手之類的嗎……？

我說了聲：「那就這樣。」急忙離開教室。即使聯絡她也沒有回應，因此我在校舍內四處奔走。

高宇治同學可能在的地方，我有一個頭緒。

我一邊喘氣，一邊跑上樓梯後，終於看見她了。

「妳怎麼了？」

高宇治同學在我總是在午休時間過來的頂樓前，抱著膝蓋。

她抬起頭來，拿手帕擦拭濕漉漉的臉頰。

「因為我安心了。原本非常擔心的。」

啊……是這樣啊？

幸好她不是不想分手，所以哭了。如果真是那樣，我就變成超級大壞蛋了。

「我讓他道歉了。」

「咦？」

「他為嘲笑我們喜歡的事物道歉了。」

高宇治同學眨了眨濕漉漉的睫毛，露出微笑。

「不聽才是損失呢。」

忠實聽眾的思考都很偏激。不過我同意。

「他大概一次也沒聽過吧？我和高宇治同學要不要來做個精選集，讓他聽聽看？」

「這個提議不錯呢。我和君島同學聯手，似乎能做出非常棒的精選集。」

「要收錄哪個部分呢？最近本田家熱水器壞掉那件事還不錯。」

「哎呀，一般人聽了都會笑吧。收尾也很搞笑。那麼我就選聽眾對於阿滿的浪費和斷捨離習慣寄來的電子郵件——」

「啊啊。『反正你又要買了然後丟棄的話，乾脆在家門口開一間二手商店啦』被吐槽的那裡吧？不過那一段比較像這個圈子才懂的段子，對於初次收聽的聽眾是不是有點微妙？」

「沒那回事喔。」

「不對，高宇治同學的廣播ＩＱ很高，如果不去配合一般人，一般人會跟不上的。」

「才、才不高啦……！不要突然開口稱讚我……」

「妳看起來挺開心的。」

「沒、沒那回事！」

「還有，也得製作『宇治茶』的點子精選集。」

「別這樣。」

「……」

「真的別這樣。」

「啊。妳是認真的……不好意思。」

高宇治同學的回應果然很絕妙，對於我的知識和熱情，會予以同樣程度的回應。

我們似乎能夠連續聊好幾個小時。可以和喜歡的人談論喜歡的事物，還有什麼比這更幸福的嗎？

「啊。城所學長傳訊息來了。他還留在剛剛的教室，有話想說。」

看來他要正式提分手。

城所學長和高宇治同學看來都沒有依依不捨。我原本以為是城所學長喜歡上高宇治同學而告白。

不過學長剛才乾脆認輸，提出分手了。那麼是高宇治同學喜歡城所學長嗎？這種想法也令人懷疑。否則我跟蹤的時候，她看起來會更開心才對。

我也跟著高宇治同學回到那間教室。

教室裡只有城所學長一個人。

「對不起啦，沙彩妹。我輸給君島了，得遵守約定和妳分手。」

「我知道了。」

他們果然十分果斷。沒有大受打擊，也沒有排斥而抗拒。

「畢竟在那麼多人面前宣言後而輸掉了，難以繼續維持那種關係。」

「不會。已經夠了。你已經幫助我了。」

幫助她了？

「是嗎？那就好。我也要跟沙彩妹道歉。抱歉嘲笑妳的興趣。對不起。」

「不會，已經沒關係了。」

爽朗又暢快的兩人之間的交談，讓我完全跟不上。

「你們倆真奇怪。」

「哪裡奇怪？」

「雖然輪不到我開口，不過情侶竟然以這種形式道歉，一般應該會挽留一下吧？你們不會太乾脆了嗎？」

城所學長和高宇治同學一度眼神交錯，就像在確認某件事的樣子。

「這種時候就是所謂的『直覺好的小鬼很惹人厭』吧。」

「唉……」

「就只跟君島說吧。其實我們並沒有認真交往。」

「咦？什麼意思？」

「我們並不曾喜歡彼此。只是利害關係偶然一致罷了。」

高宇治同學接著往下說。

「交往是因為利害關係一致？」

她在說什麼？

「學長偶然看見了我被告白的情景——」

「然而覺得彼此都很辛苦呢。」

受歡迎的人似乎了解這種心情。

「我提議如果假裝成情侶，這種煩心事大概也會減少，而沙彩妹也答應了。」

「咦？也就是說……」

「學長和我只是假裝在交往的假情侶。」

這樣很多事情都說得通了。乾脆分手的態度也是這種原因吧？

他們告訴我詳情了。

向自己告白的人們不是玩玩的，大家都很認真，因此拒絕時也要認真，拒絕的一方多少也會在意，似乎也頗耗費精力。

我沒有向一個人告白過，或者被他人告白過，不曉得那種感覺。不過兩人似乎擁有共同的感覺和心情。

接著，由於彼此利害關係一致，高宇治同學便答應了那種關係。

雖然不曾喜歡對方，不過得好好假裝成男朋友和女朋友，不讓周圍的人產生懷疑。

如果情侶之間感情不好，或許會有人過來追求，想讓人變心。

就像高宇治粉絲放棄而選擇守護一樣，畢竟交往對象是學長，也能接受並且退出了。

這種讓男女生遠離自己的方式似乎有效果。

「畢竟不能讓任何人發現，要隱瞞也挺辛苦的。我得確實像個男朋友行動才行。」

我懂了。

他會對我找碴，也是這個緣故吧？如果不理會我，其他男生見狀，或許也可能接近高宇治同學。

「不過偷看我手機就太超過了。」

高宇治同學一抱怨，城所學長便全面投降了。

「對不起。是我不好。因為沙彩妹聊學校的話題時，一定會提到君島的名字，所以我想知道是什麼樣的人。就算我沒有真的喜歡妳，也令人有一點點嫉妒喔。」

「我的名字？」

「沒錯。」

「啊、啊啊啊、呀啊啊、不是那種奇怪的事情，只是偶爾會講到。」

狼狽不堪的高宇治同學拚命否定了。

在我不在的地方聊起我……

大概都在聊和廣播節目有關的事吧。

「為什麼要答應我提出的那種條件呢？不能繼續假裝會很傷腦筋吧？」

討論區吵得沸沸揚揚，或者我頻頻接近高宇治同學，這種事情全都忽視就好了。畢竟沒有人知道他們是假情侶，要繼續維持關係的話，算不上什麼重大的阻撓吧？

「我很喜歡受到女生吹捧。」

「啥？」

「自從和沙彩妹交往以後，雖然再也沒有人來告白，煩心事減少了，不過也令人有點寂寞。」

……這男的單純地惹人厭。

「不要用白眼看我。那只是理由之一。其實最主要的原因，就是要看君島到底有多麼認真吧。」

「……」

他發現了。他知道我喜歡高宇治同學。

「我已經充分理解了，所以覺得做到這樣就行。」

就我而言，也覺得幸好有了這種結果。

因為，就算是假情侶，你……

是會令人逐漸喜歡上的人吧……！

起初一點都不合喔？就算有這種想法，一旦發現彼此的優點，等到回過神來，咦？難不成我——？真的喜歡上了——？或許會有這種發展吧！實在太危險了！放著不管的話，可是會出大事的。說真的，實在太好了。

話題聊到這裡就結束了，「其他學校的女生找我去唱歌。」明明不用說這種話，最後卻特地展現自己很受歡迎以後，城所學長便打算離開教室。

「啊，對了。」

他彷彿想起什麼事，停下腳步。

「君島，那是怎麼做到的？你出老千了吧？」

尾聲

「他們真的分手了嗎？」

「畢竟約好了。」

我和高宇治同學道別，和等待的小春和芙海姊會合，踏上歸途。

「居然因為這種對決就輕易分手，或許他就算交到小沙這個女朋友，也不打算珍視人家呢——」

小春或許想起城所學長的事，一臉嚴肅。

只要能向她說明事實，也有許多事情能夠解釋了，不過還是不要把假情侶的事情說出去好了。

我看向芙海姊，她滿臉笑意。

「學弟，幹得不錯呢。」

那句話的含意並非稱讚我「幹得好」，「你確實出千了吧？」的含意比較重。

「畢竟知道對方會出手。」

「不過，那麼做必須事前準備吧？」

「我沒有採取正攻法，妳意外地沒有責備耶。」

「那種事情，必須在察覺當下指出才符合禮儀。沒有察覺的話，那傢伙就只是單純的獵物罷了。」

芙海姊的說法有如戰後倖存的傳奇賭徒。外表明明這麼可愛。

而我知道有人會偷看自己的牌，便拿來利用了。

「芙海姊知道城所學長有所安排嗎？」

「我沒有證據。不過他的表情不像會光明正大決勝負的人。那是不賭上任何事、想從比賽之外的地方取勝的陰險表情。」

我又想起【策士】這個狀態。

所以他也能夠想到假情侶這種主意吧？

不過，能從表情判斷的芙海姊是何許人也？

「這次是學弟為了以防萬一所做的『練習』奏效了吧？必然會勝利。」

練習……

完全被她發現了。

牌型的強度按照最弱算起，分別是散牌、一對、兩對、三條、順子……順子以上還有幾個更強的牌型，先暫且不提。

散牌只比單張牌的數字大小。

散牌最強的數字是Ａ。為了以防萬一，我在袖子裡藏了一枚Ａ。

對方的籌碼已經用光，公家區出現的牌時機也很好，我把Ａ偷偷加入手牌內，包含Ａ的順子牌型就完成了。

對方從一開始就不打算認真決勝負。詐賭、單方面展開遊戲，以芙海姊的話就是「想從比賽之外的地方取勝」的狀態。

既然他有那種企圖，那麼我也以牙還牙。雖然事先準備了，原本我並不打算使用。那麼，說到為什麼要準備牌，因為我內心一直很介意【策士】的狀態。

他願意讓我指名莊家，也令人覺得不對勁。

因為小春和我聯手，就能夠發給我有利的牌。

他大方讓我指名，與其說信任我，不如說無關乎莊家人選，會做好贏過我的準備。

既然他斷言我出老千換掉手牌，對方或許也準備了同樣的方法。

如果沒有【強心臟】的話，我會嚇破膽，就算準備了也不會用。為了讓他分心的【能言善道】和【擅長稱讚】，還有防止露餡的【撲克臉】。這些能力都順利起作用了。

「你們在說什麼？」

「我們在說學弟很努力。」

「努力……那不是阿燈運氣好而已？」

「小辣妹好單純呢。」

「咦——什麼意思？」

小春一臉狐疑，歪著頭來回看向我和芙海姊。

我們來到叉路，和芙海姊道別。

「小小學姊好可愛。」

看著對方拚命揮手的模樣，小春被療癒了。

「她本人很可怕……」

「騙人——」

一般會這麼認為呢。

外表是小學三年級的女高中生，靈魂卻是留著小平頭的大叔，與其用男子漢形容，不如說是狂野奔放的性格。

我們沿著上學路，逐漸接近自家。

「你什麼時候有排打工？」

「為什麼小春需要知道我的班表？」

「咦……因為……」

小春有如小孩一般支支吾吾。接著再次開口。

「我、我也有自己的事情要顧！沒空理阿燈啦！」

「哪一邊啦？那就別管我啊。」

「啊——？煩耶。」

「為什麼啦？」

小春彷彿在鬧彆扭地嘟嘴。

小春交友廣泛，就如同她所說，原本幾乎沒什麼時間理我吧。

「幸好小沙和學長分手了。」

小春一臉平靜地說道。

「我沒想到會這麼順利。」

或許應該慶幸他們是假情侶。但放著不管的話，也可能變成真正的情侶。

「不過就算這樣，也不見得會喜歡上我……」

那正是困難的地方。

「快點被擊沉吧。我會幫你收屍的。」

「不要以被甩為前提啦。」

「那樣子我會比較輕鬆。」

「妳指什麼？」

「沒什麼——好了，拜拜。」

如此說道的小春，朝著自家走過去。手臂上掛著書包的提把，提著設計得像背包一樣的書包，為了不讓短得要命的裙子被風吹起來，還用書包擋著。該說這是生活小知識嗎，令人不禁感嘆她考慮得真多。

「不要看！」

轉頭的小春察覺我的視線，朝我吐舌頭。

我也說聲：「明天見。」踏出腳步。

接著要和高宇治同學談精心挑選的精選集。

該選哪個部分呢？我一邊思考這些事，一邊返家。

◆高宇治沙彩

「怎麼辦？竟然要兩人一起做精選集……」

沙彩回家後，想起阿燈的提議，雀躍不已。

那一回還有這一回，那個段子也想放進來。聽眾突如其來的電子郵件導致的化學反應也應該放入嗎……？

「精選集就算有三個小時，也根本不夠啊。」

從那一天起，心中彷彿有一塊大石頭壓著。

也因為城所向自己表示，所謂假情侶，不只是假裝正在交往，也必須經常向他人展現交往的模樣。

就算是為了避免麻煩事，沙彩也覺得自己就像做了壞事。

然後回家路上聊天不起勁也令人鬱悶。從明天起就不用這麼做了。

壓力源頭消失，心情會變得這麼暢快嗎？

「君島同學的話，會推薦哪一回的哪一段呢？」

光是想像就令人興奮不已，心臟撲通撲通跳。

「……」

對方會不會為了這件事而傳訊息或打電話呢？她每十秒就看一次手機。

「我沒、沒在等。完全沒有。沒有！」

用手背按著臉，冷卻發熱的臉頰。

自從曉得和阿燈聊天多麼開心以後，每天早上都會等他到校。

那一天午休。在孤立無援的情況下，阿燈向嘲笑他人興趣的城所侃侃而談他的愚昧。那道背影現在仍然深深烙印於眼底。

還有那個要求。

「竟然希望人分手。怎麼回事……？」

一想起阿燈坦率的目光，臉又紅了起來。

「…………」

《曼達洛的深夜論》有諮詢單元。

總是寄送點子的沙彩，緩緩操作手機。

慢慢輸入每一個字，逐漸寫成文章。

【我最近交到好朋友。和對方聊興趣、待在一起都讓人很開心。】

想一想又刪掉，想一想又刪掉。

接著又慢慢彙整成下一段文章。

【我認為他為人處世很優秀。不過，當我看見那個人和其他人相處融洽時，會覺得寂

寞，也有點煩悶——】

接著輸入最後一句話，發送寄給廣播節目單元的電子郵件。

「～～」

沙彩鑽到床上，忸忸怩怩。

剛才發送的電子郵件已經出現在寄件備份。

反正不會被採用。沙彩再次查看最後一行字，逕自面紅耳赤。

【那是因為，我喜歡上那個人了嗎？】

後記

幸會，我是ケンノジ。

繼《幼なじみからの恋愛相談。相手は俺っぽいけど違うらしい》這部作品之後，我在スニーカー文庫推出了第二套戀愛喜劇作品。這次也受出版社關照了。

我在二〇二二年一月提出企劃，到出版成書的速度是以ケンノジ史上最快速度進行。希望在年內出版就好了——不過一般來說會排到隔年才出書，我原本是這麼認為的。（註：本書於二〇二二年九月在日本上市）

我對盡力而為的責任編輯滿懷感謝之情……！

每次推出新作品都讓我坐立不安，有時也會想太多睡不著。我還不習慣出書。

這次和前作《幼なじみからの恋愛相談～》不同，走主角一開始就喜歡女主角模式的戀愛喜劇。在同樣類型的戀愛喜劇中，也有一點風格迥異之處。由於加入了能讀取狀態欄的奇幻要素，在這層意義上是比前作更偏向變化球的作品。

如果想比較差異，也請讀讀看《幼なじみからの恋愛相談～》。總共三集，全系列並不長，很快就能看完了。也請多關照這部作品。

本作能夠出版，受到許多人幫助。

感謝責任編輯之外，成海七海老師畫出女主角可愛的設計圖、令人臉紅心跳的插畫，上色也很完美，插畫水準超高的。實在感激不盡！

由於這麼多人盡心盡力，本書才得以問世。

希望這部作品能夠成為讓讀者、製作相關人員、販售相關人員、參與本書的許許多人士帶來幸福的作品。

如果能有下一集，敬請期待。

（註：以上為日本方面的情況）

ケンノジ

國家圖書館出版品預行編目資料

自從能夠讀取他人祕密後,我的校園戀愛喜劇就此開演. EP1, 偷偷愛慕的美少女被花美男搶走, 我要攻陷她/ケンノジ作 ; 黃品玟譯. -- 初版. -- 臺北市 : 臺灣角川股份有限公司, 2023.05-

面 ; 公分. -- (Kadokawa fantastic novels)

譯自 : ある日、他人の秘密が見えるようになった俺の学園ラブコメ. EP1 : イケメンに奪られた憧れの美少女をオトします

ISBN 978-626-352-538-2(第1冊 : 平裝)

861.57 112003835

Kadokawa
Fantastic
Novels

自從能夠讀取他人秘密後，我的校園戀愛喜劇就此開演
EP1：偷偷愛慕的美少女被花美男搶走，我要攻陷她

（原著名：ある日、他人の秘密が見えるようになった俺の学園ラブコメ
EP1：イケメンに奪られた憧れの美少女をオトします）

2023年5月17日　初版第1刷發行

作　　者：ケンノジ
插　　畫：成海七海
譯　　者：黃品玟

發 行 人：岩崎剛人
總 編 輯：蔡佩芬
編　　輯：黎夢萍
美術設計：洪晨萱
印　　務：李明修（主任）、張加恩（主任）、張凱棋

發 行 所：台灣角川股份有限公司
地　　址：104台北市中山區松江路223號3樓
電　　話：（02）2515-3000
傳　　真：（02）2515-0033
網　　址：www.kadokawa.com.tw
劃撥帳戶：台灣角川股份有限公司
劃撥帳號：19487412
法律顧問：有澤法律事務所
製　　版：巨茂科技印刷有限公司
ＩＳＢＮ：978-626-352-538-2